つなぐ手

ヨコハマ四姉妹物語

中川由布子

目次

装幀　ささめや　ゆき

第一章　つなぐ手

御身らの
一つ一つの手が
さらに大きな
一つの手となり
地球を
左右するに
足る手となる

深尾須磨子の詩を、休憩室にあった雑誌で読んだとき、山下みちは胸が熱くなった。電話交換手のことを書いたものだ。親しくなった同期の小谷民子にすぐ話さずにはいられなかった。

「小谷さん、この詩いいわねえ。なんだか自分の仕事に誇りが湧いてきた」

「うーん？　どこがー？」

「この、地球を左右するに足る手となる、ってところがすごくいい」

「そうかしら。あたしには、だからどんどん働けって言われているみたいで、あんまり感じがよくない」

民子の反応にみちは落胆した。世界を、ではなく、地球を左右するに足る、の地球という言い方に限りない未来を感じたのだ。でもみちは、それ以上民子に言い募らなかった。自分の受けた気持ちがこなごなに壊れてしまうのを恐れたからだ。

民子はみちと同じ十五歳だが、長女のせいかみちよりずっと大人びている。みちはいつも民子と話していると、自分が子供じみてると感じてしまう。でも民子と心が一致していることがある。電話交換手としての訓練期間中に、訓練に当たってくれた教師の一人、三村奈津子への傾倒だ。五人いた教師はそれぞれ電話交換取扱手続、電話交換技術、電話に関する規定、発音の抑揚、語調などを分担して訓練に当たった。三村奈津子の担当は電話交換取扱手続だった。授業そのものは堅い内容なのだが、それと関係のない文学や哲学の話がよく出た。ニーチェという名前とその考え方がときおり話に織り込まれたがみちにはちんぷんかんぷんだった。つまるところ、いかに生きるべきかということを話しているんだとみちは理解していた。

三村奈津子はお白粉っ気がなく、長い髪をオールバックにしていた。紺の制服の襟に重ねたのりの利いた白いヘチマカラーが顔をひきしめている。知的な話し方だが、微笑むと、はにかんだような顔になる。それがまた、たまらない。職員には紺の制服に合わせて、布製の紺の靴が支給されていた。だが三村奈津子は、絹のストッキングの足で、畳表の草履を履いていた。それが印象的なのだった。

訓練課の教師の中で、三村奈津子への信奉者が多いのかというとそうでもなく、他の教師にもそれぞれファンがついていた。三カ月の訓練期間を終えたあと、みちと民子は違う課に配属されたが、交換室が同じなので毎日顔を合わせた。そして相変わらず、二人で三村先生、三村先生を連呼し合った。

あるとき、みちと民子は交換室から出た廊下で、足とともに息を止めた。少し前を三村奈津子を先頭に二人の交換手が歩いている。右肩をやや落として歩く三村奈津子に従っている二人は、やはり髪を肩までたらし、畳表の草履を履き、右肩をやや落として歩いている。みちに絶望感が襲った。心酔するとはこういうことか。もうわたしたちには近づく余地はないのか。民子を見るとやはりショックを隠せないでいる。三人は草履のかかとに打たれた金具の音を残して、廊下を曲がって行った。

朝の交換室は、横浜と全国各地への通話を繋ぐ交換手の声で活気に満ちていた。点滅する夥しいランプ、右へ左へとコードを持った交換手の腕が忙しく交錯し、慣れた手つきでダイヤルを回す。

「願います、＊＊番」と相手局へ呼びかける声。「＊＊番ですか？　お申し込みの京都の＊＊番をおつなぎします」と通話申込者を呼び出す声。「お出になりました、お話しください」と通話を促す声。

交換室の出入り口横にある黒塗りの担当板の前には、これから勤務につく交換手が運用主任を取り囲み、その指先を見守っている。主任は大阪台、名古屋台、豊橋台、秋田台などなど各地局名の下へ、今日の出番の交換手の名札を、パチンパチンと音を響かせ、将棋の駒を指すように掛けていく。交換手の経験、技倆、性格、勤務形態などを睨み合わせて担当を決めていくのである。担当の決まった者は、ブレスト（レシーバー）を持ってその台へ行き、宿直明けの者と交替する。

みちが電話交換手になった昭和二十七年当時は、市外通話はダイヤルで自動的には通じなかった。加入者は、局へ通話の申し込みをする。そこで一旦電話を切り、繋がるのを待つのである。通話の申し込みを受け付ける課が記録案内課で、そこには小谷民子が配属されていた。記録案内課で受け付けた交換証には、受付時間、取扱種別

（特急、急報、並報）、申込者電話番号、相手の局名と電話番号などが記載されていた。みちの配属されたのは、待時課といって、記録案内課で受け付けたものを実際に繋ぐ課である。相手局毎に交換台が分かれていた。もっとも市外通話でも東京だけは、局へ申し込んで電話を切らずそのまま待っていると、交換手によって即時に相手が呼び出される方式になっていた。それを扱うのが即時課と呼ばれた。

みちが今日配置されたのは、小田原台である。自分が訪れたことのある土地は親しみを覚える。半年前、就職のことで父に反対されて家出をした。頼って行った長女の真紀子の家には、みちが初めて会う真紀子の夫がいた。競輪の予想屋をしているその義兄が、小田原競輪場へみちを連れていってくれた。それが父と対決する契機にもなったので思い出深い土地だった。みちのそんな親しみを込めた気持ちが通じてか、小田原局の交換手も親しげに応じてくれる。二人のチームワークで、てきぱきと通話を捌いていった。相手局の交換手が意地悪だったり、要領がよくて不誠実だったりすると、新米の交換手にとっては最悪だった。こちらから申し込む通話はなかなか繋いでもらえず、相手局からは強引に繋がされた。

身の幅と、手を伸ばした高さほどの交換台。この小さなスペースから広がっていく世界は大きい。前面一面にランプとジャック（コードを差し込む穴）、それに続いた平面には六対のコードが並び、その手前にそれに対応するキー、右側にダイヤル、と、狭い交換室に整然と詰まっている。交換室には交換台が五十近くも並び、たえず発せられる交換手の声で充満している。しかしそれぞれの交換手はブレストで両耳を塞いでいるので、周囲の音は耳に入らず、個々ばらばらである。長くブレストをはめているると頭が重くなり、暗室に閉じ込められたようで、空気が希薄に感じられてくる。

配られた交換証の中に、小谷民子の筆跡のものを見つけて、思わずみちは表情を緩めた。交換証立に配られた交換証を順番に差し込んでから、体をよじって民子の坐っている台の方を見た。民子が受け付けた交換証でみちが繋ぐ。課は違っても一体感があった。

久しぶりに今日は民子と食事時間が一緒になった。二人はブレストを提げて引き合うように歩み寄った。交換室を出て、廊下のブレスト掛けに二人並べて掛けた。食堂で天ぷらうどんを頼み、出来上がってテーブルに着くのがみちは待ち遠しかった。

「午前中の休憩の時ね、廊下で三村先生に会ったの！」

「そおッ！」と民子は乗り出してきた。

「遠くから姿を見たとたん、あたし、雷に打たれたように、頭のてっぺんから足のつま先まで、熱い電流が抜けたみたいになっちゃった」

「それで何か話したの?」

「三村先生は何か言おうとされたけど、あたし顔が真っ赤になっちゃって恥ずかしかったから、お辞儀だけして駆けてきちゃったッ」

民子はそんなみちのようすを、姉のように大人びた表情で見守り、おかしそうに笑った。みちは言いたいことが一区切りついたので、うどんの上の干からびた野菜の天ぷらを汁に押し付ながら、うどんをすすった。

「今度二人で、訓練課へ先生をたずねてみない?」

民子の提案にみちは目を輝かせて同意した。いつ、どういう時間帯がいいかなどと相談していたら、三十分の昼休みは瞬く間に過ぎた。

それから半月ほど経った土曜日の午後、みちと小谷民子は、訓練課へ三村奈津子をたずねた。三村は、とてもうれしそうに二人を迎え入れた。香りのいい紅茶をすすめてくれながら、しゃっちょこばって腰掛けている二人を、おかしそうに見た。

「仕事のほう、慣れましたか」

目を伏せていた二人は、弾かれたように同時に顔を上げた。

「はいッ。みんないい人なので、分からないことは何でも訊いています」

小谷民子が真っすぐ三村奈津子を見ながら答えた。三村は大きく頷き、次にみちを見た。

「まだ簡単な台にしか着いていませんけど、仕事は何とか分かるようになりました」

みちは三村の顔をまぶしそうに見ながら、蚊の鳴くような声で答えた。

「あなたのいる課は、人数が多いので、人に慣れることが大変かもしれませんね」

「はい。両隣の台に坐る人が、毎日変わりますから、緊張します」みちが答えた。

その後も、仕事のことをあれこれたずねた三村奈津子が、ちょっと屋上へ行ってみましょうか、と言った。みちは、屋上への階段を先に昇って行く、三村奈津子のさらさら揺れる髪と、絹のストッキングに包まれた形のよい足を見つめて昇った。

みちにとって、絹のストッキングは憧れの一つである。姉の妙子が、月に一、二度身につけるときは、手袋をはめ、息を詰めて、慎重に扱った。爪などにひっかけて、伝線させてしまうと、修理代が一本につき四十円かかるという。切れるときは一本だけということはめったになく、三、四本はいってしまうので、一回の修理代はラーメン五杯分だとのことだった。

屋上へ出ると、陽が照りつけ、すぐ近くに海が見えた。局舎の斜向かいに、神奈川県庁の茶色い建物が迫っている。中心に角張った塔が突き出ていた。三村奈津子は手をかざし、動かしていた視線をその塔で止めた。

「これは聞いた話ですけど、むかし、船が沖から港へ入ってくると、高い建物がなかったので、三つの塔が目に飛び込んできたそうです。船乗りたちはそれぞれの塔の印象から名前をつけて、親しみを込めて呼んだんですって。神奈川県庁の塔をキングの塔、開港記念会館の塔をジャックの塔、横浜税関の塔をクイーンの塔というふうに」

三村奈津子がキングの塔を見ながら話し終わって、視線を開港記念会館に向けた。厳めしいキングの塔にひきかえ、しゃれて、開けた感じのジャックの塔。最後に三村奈津子は横浜税関のクイーンの塔に目を移した。みちは、優しげで、気品のあるクイーンの塔にひかれた。その右後ろは、もう大桟橋である。

「わたしは、憂鬱なことがあると、よく屋上に出るんですよ。とても落ち着きます」

三村先生にも憂鬱なことがよくあるんだ、と思ったら、みちは三村奈津子に親しみがわいた。

「先生、また来てもいいですか」小谷民子が訊いた。

「ええ、いいですよ」三村奈津子はふわっとした笑顔で答えてくれた。

それから二人は、度々三村奈津子を訓練課へ訪ねた。とりとめのない話もできるようになった。三村奈津子の前でコチコチになることもなくなった。三村奈津子と一緒にいることが楽しくて仕方がなかった。

みちは仕事にも対人関係にも慣れてきたが、それでも、ベテランの先輩たちが怖かった。「モシモーシッ！　モシモシッ！」と怒鳴るように呼びかける声を聞くと、肝っ玉が縮みあがった。相手局の交換手にも喧嘩腰で「何言ってんのよ。あんたの方がぼやぼやしてんじゃないのよ。これ特急で二時間も経ってるんだから繋いでよ。話中？だったらこのまま回線空けて待ってるわよ」一歩も引かぬ構え。交換機器の取り扱いも、みちが訓練課で習ったやり方とことごとく違っていた。まずダイヤル、回したのが戻り切ってから次の数字を回すことになっているが、彼女たちは戻ったのと次に回すのとの区別がつかないほど切れ目なくチャッチャッと回した。自動的に戻ってくるのが待ち切れず、指で強引に引き戻すこともある。またときには、人差し指でダイヤルを回さずエンピツで回した。コードの取り扱い方も違う。コードの先端に付いているプラグの部分を親指、人差し指、中指の三本で持ち、ジャックに差し込む。通話が終わってコードを抜くときも、三本の指でプラグを抜き、コードが穴に完全に吸い込まれてからプラグを放す。しかしベテランは、プラグを持たずにコードを鷲摑みにして引き抜き、その勢いで手を放す。叩きつけられたかのように、プラグは台にヘッドをぶつけながら穴に納まる。六対あるコードの通話ができているかを確認する場合、それに対応したキーを手前に倒すと、通話者に分からず交換手が通話を聞くことができる。そのときも三本の指でキーを倒し、また元へ戻すことになっている。ベテランは人差し指一本でキーを倒し、立てる、倒し、立てるをよどみなく英語のスペルを書くように、指が右へと素早く移動していく。ベテランの操作は、崩れているが格好いい。

みちは、一日も早く仕事を覚え、職場の雰囲気にも溶け込みたいと、分からないことはすぐ周りの人に訊いた。すぐポケットからメモ用紙とエンピツを取り出してメモした。すると、聞きっぱなしにしたときと違い、次の疑問がわいた。そんなみちは、メモ魔と言われ、周囲からうっとうしがられた。

みちには職場に慣れてきたら、課長に頼みたいことがあった。夜学へ行く許可をもらうことだった。採用試験の面接で、夜学は許可していないとはっきり申し渡されていた。でも、現に夜学に通っている人が五、六人いたので、法律で禁止されているのではないのだろうと、頼むチャンスを狙っていた。

通話量も少なく、交換手の配置されない台も目立つ、長閑な土曜日の午後、みちは休憩時間に課長の机の前に立った。課長はみちの母親と同じように、髪をひっつめにして、後ろでお団子に丸めていた。

「お願いがあるんですが。どうしても夜学に行って学びたいんです。許可していただけないでしょうか」

「だってあんた、入る時に夜学はだめなのを承知で入ったはずでしょ。それにもうじき、あんたも宿直のある組に入ることになるんですよ。そうなれば、勤務も不規則で、とても夜学になんか通えませんよ」

「宿直のある勤務になっても、夜学に行きたいという場合は認めてくれますか」

みちはなんとか課長にすがりたかった。

「だめですよ。体でも壊されたら困りますからね。あんたね、夜学に通うことだけが学ぶことじゃないのよ。局内に洋裁室もあるでしょう。ミシンが五台あって、毎日一時から七時まで、専任の技術者が指導に当たっているんですよ。他に週一回、お花とお茶の先生もお稽古に来てますよ。そのつもりになればいくらでも教養を身につけることはできるんです」

「わかりました。失礼しました」

これ以上頼んでも無駄だ。親友の小谷民子が、その洋裁室で熱心に技術を磨いている。だからみちは、民子にそのことで泣き言は言えない。来春から夜学へ行くことはできないが、必ずチャンスがある、と、みちは思った。そのときのために、少しずつ受験勉強を続けようと、決意を新たにした。

みちが勤めはじめて以来、家で堂々と本を読んでいても、父に叱られることはなくなった。ささやかな小遣いの中から、主に古本、ときには新刊本を買って読んだ。受験勉強のつもりで、中学の教科書の復習もやり始めた。今日は本を買いたいから歩いて帰ろうと、みちは朝から決めていた。勤務を終えて局を出たあと、日本大通りの銀杏並木を抜け、木陰の多い横浜公園に入った。すぐ右手に、木立に囲まれた野外音楽堂がある。音楽公演のほかに、講演、集会などにも使われている。今日は何も催し物がないらしく、石の椅子が整然と並んでいるのが見えるだけだった。横浜市役所の横を曲がって、吉田橋へ出た。伊勢佐木町通りの有隣堂で、アンドレ・ジイドの『田園交響楽』を買った。早く家に帰ってそれを読みたいと、家までせっせと歩いてきた。開け放されている台所から入ると、母が土間の上がり框に腰掛けていた。上はランニングシャツ一枚で、首に手拭を掛けている。みちが座敷へ上がろうとすると、「まあ、ここで一服おしよ」と自分の隣を指した。洗い桶に浸けてあるヤカンから麦茶を注いでくれた。みちは汗が吹き出してきたので、ブラウスを脱いで、母と同じように手拭を首にかけた。母がまたみちの隣に腰掛けた。そのとき、母の手拭から蒸れた汗の臭いが漂ってきた。

「どうだい、仕事は？」

「実地に着いてからまだ二カ月だからね。分からないことばっかり」

「たまには面白いこともあるのかね」

「そりゃーネ、離れている人と人とを繋いで、話ができるようにする仕事だからサ、面白いナって思うときもあるよ。繋いだあと、話ができているかどうか聞いて確かめないといけないんだけどね、あんまり長く聞いていてもいけないんだよ。でもさァ、たまにすごい電話もあるの。今日もね、繋がったとたんに、かけた男の人が相手の女の人にね、会いたいとか、抱きしめたいとか、立て続けにいろいろ言うのよ。そしたら女の人がクックッって笑ったあと、やるせなさそうにふかーいため息をついたの。そしたらあたし、体がゾワーっと熱くなっちゃった」

「どうして?」母は怪訝な顔でみちを見た。

「だって熱気のようなのが、いきなりあたしの体の中に、流れ込んできたみたいになっちゃって……」みちは両手で頬をはさんだ。

「人の耳があるのに、よくそういう話を電話でするもんだねえ」

「ううん。交換手が聞いているのは通話者に分からないようになっているの」

「それにしても、機械に向かってよくもそんな気になるもんだねえ」

電話で話した経験のない母にはどうも解せないらしい。

　みちも、電話交換手になるまで、電話をかけたことがなかった。電話で話すということは、言葉だけを伝えることで、言葉に込めた気持ちまでは伝えられないと思っていた。ところが最近では、姿が見えず、耳からだけ入ってくる相手の声から、その人の性格、教養、暮らしぶり、そのときの気持ちまでが、瞬時に伝わってくると思うようになった。だからみちは、電話で話すとき、姿が見えないから分からないだろう、などという気持ちは持たなかった。

電話が初めて世に登場したときには、とんでもない誤解もあったらしい。横浜で電話交換が開始された明治二十三年当時、コレラが流行したあとだったため、「通話を媒介する電話はコレラも媒介するから加入しない方がいい」といったデマが流れ、電話申込者の確保が進まなかったそうである。電話の発明は、遠く離れた人同士が、膝を交えて話しているかのような会話を可能にした。まさに地球を左右していると言えなくもないんだなと、みちは思うのだった。

「交換手だって、いつも話を聞いているわけじゃないよ。だってほとんど仕事の話が多いから、話ができてるのを確認すればそこまでよ。でもたまーに、あたしは人の心と心を繋いでいるんだなって思うときがあるの」みちが自分のことばに酔っていると、

「それでその助平野郎はそのあとどんなことを言ったんだい」と母が促した。

「やだ、母さん変な言い方してぇ。でもそれ以上聞かなかったの。もし監査取られていたら、山下みちは聴話が長すぎるって主任に連絡がきて、注意されちゃうもの」

母の顔に失望の色が流れた。

「それからね、交換手が職務上知り得たことを他人に漏らすと罪になるんだよ」

「他人じゃないだろ、母娘《おやこ》なんだから」

「そういうことじゃなくて……」

みちは、母の下品さに辟易することがよくある。どんな環境に生まれ育ったのだろうか。母の話は、いつも非情な自分の父親のことに終始した。母の名前は、「喜」一字で「き」と読んだ。母はこの名前が男と間違えられるので、いつも嫌な思いをしてきたという。そこで自らは、喜と書いて「よし」と名乗っていた。この父親がとても厳しい人で、食事中にわけもなく、いきなり箸箱で頭を叩くので、頭を下げてごはんだけかっ込んだそうだ。うちの子はおかずを食べないから助かると人に話していたとか。叔母の話もいくども聞かされた。幼いころ、裸で雪の中に放り出されたことがあるが、それでも泣かなかったと。ところがその叔母から、みちは最近、祖父のことで新しい話を聞いた。祖父はさる高貴な人の執事で、その屋敷内に家を建ててもらって住んでいた。屋敷の子供達からは、じい、じい、と慕われていたというのだ。そんな話は母から聞いたことがないので、母に質すこともはばかられた。母は八つの時に子守奉公に出され、それ以後家に帰ることがなかったというから、父母との情は薄かったかもしれない。みちは祖父についての叔母の話を聞いたあと、母の命名について、いままで考えてもみなかったことを思いついた。たしかに、初めて授かった女の子に、喜という名前は硬いと思うが、クマとか、トラとかの名前も付く時代に、喜とは、祖父が子供の誕生を素直に喜んで付けたのではないだろうかと。それにしても、祖父は怒鳴るように名を呼んだというから、獣が歯を剥き出して叫ぶように「キィーッ」となっただろうから、呼ばれた方はやはり怖かったことだろう。

「みち！」父が仕事場から呼んだ。

心残りな顔をしている母を残して、みちは仕事場に顔を出した。

「父さん、なあに？」

「何をいつまでもくっちゃべってんだ。おまえ鈴木ガラス店へ行ってな、父ちゃん体の具合が悪いんで、陳列ケースを納めるのを三日ばかり延ばしてくださいって、そう言ってくれ」

「えーエッ、あたしがー？」

みちは父の顔色を伺い、できることなら断りたいと思ったが、父は問答無用とばかりに背を向けた。

下駄をつっかけて、路地を歩きながら、みちはブツブツ心の中で愚痴っていた。だって父ちゃんピンピンしてるじゃない。このあいだうち仕事もしないで朝から飲んだくれてたっていうから、そのツケが回ったのよ。娘が疲れて帰ってきたっていうのに、言い訳に行かせるなんてフテエおやじだ。なんで昼間のうちに自分のカカアに行かせないのよ。などと毒づいていたらいくぶん気が済んだ。横浜橋商店街の左右の店を忙しく眺めながら歩いた。どの店にも、すっかりなじんでいる店の人の顔があった。

鈴木ガラス店の旦那は、みちの言伝てに渋い顔をした。

「だめだめ！　三日も延ばせないよ。具合悪くても頑張ってやってもらってよ。一日だけは先方に無理言って延ばしてもらうからって、親父さんにそう言って」

もともと旦那はやぶにらみなのだが、はすっかいに顔を向けてみちを見てるせいか、疑わしそうな目付きに見える。

「帰って父にそう伝えます」

お辞儀をしてガラス戸を閉めるとき、父の不機嫌な顔が浮かんだので、それを払いのけようと手に力が入ってしまった。ピシャンという音とともに戸車が少し戻った。慌てて静かに閉め直しながら、ガラス越しに、旦那に向かってもう一度お辞儀をした。

父が、そうか、分かった、と言う訳がない。おまえの頼み方が悪かったからだと怒るかもしれない。たしかに、あたしは、旦那があ言っても、なんとかお願いしますと頼むべきだったのだ。憂鬱になったみちはちょっと寄り道がしたくて、同じ路地裏にある洋さんの店「ほてい屋」に寄った。かつぎ屋をしていた洋さんが、自宅の玄関先を改造してコロッケ屋を開店したのは去年のことだ。次女の妙子が店を手伝っている。

就職する前、なにかと洋さんに世話をかけたのに、電話局に入って五カ月というもの、一度もここへ来なかった。カウンター越しに姉の妙子と顔が合った。おや？　という表情の妙子に、みちは照れ臭そうに笑って、カウンター下の潜り戸から中へ入った。大奮闘の後のように洋さんは上気した顔で上がり框に腰を掛けていた。六時を回っているので客の混むピークが過ぎたばかりなのだ。揚がっているコロッケやポテトフライも残り少ない。

「よう、みっちゃん元気そうだな」いつもの明るい洋さんだ。

「ご無沙汰してます。いま、父さんの使いの帰りなの」

「まあ、ここへ掛けなよ」

洋さんと並んで上がり框に腰を下ろした。店の様子がずいぶん変わったように感じられて、しきりに見回した。一番大きな違いは、揚げ物をする台の近くに水道が引かれて、コンクリートの流しがついていたことだ。みちが手伝っていたころは、部屋を突っ切るか、外から回って台所へ行かないと水が使えなかった。そのほかにも、カウンターの上の方に下がっている可愛らしい花柄ののれんが、外からも見えて明るい感じがする。

「何か用があるんじゃないの?」洋さんがみちの顔をのぞき込んだ。妙子はぽつん、ぽつんと来る客の応対をしている。

「いまね、鈴木ガラス店へ行ってきたの」みちは父の用向きと、その結末を話した。

「それで?」洋さんが促した。

「あたし、お座なりだったと思うの。もっと真剣にお願いして、旦那に断られたときももっとねばらなきゃいけなかったんじゃないかって」

「なんだそんなこと気にしてるのか。みっちゃんはおじさんの言い訳を伝えに行っただけで、掛け合いに行ったんじゃないんだから心配することないよ」

そこへ妙子が口を挟んだ。

「そりゃそうかもしれないけど、父さんは身勝手だから、そうすんなりとはいかないと思うよ」

みちはなぜか違和感をもった。洋さんと妙子が成り行きを心配して、みちに助言してくれているというより、妙子が洋さんにつっかかっているような微妙な空気だ。二人が愛し合っているなら、今は何の障害もないのだから、いつでも結婚できるはずだ。それなのに、そんな話は出てこない。それどころか、最近、妙子は洋さんの店から帰ってきたあと、風呂に入り、出掛けることが時々ある。そんなときは必ず帰りが遅い。

「とにかく、仕事が遅れた分、おじさんが夜なべでもしてやればいいことだから」

「でもそんなこと、みちが父さんに言えるわけないじゃない」

また妙子が洋さんにつっかかった。

「あんまり遅いと寄り道がバレちゃうから帰ります。いろいろすいませんでした」

みちは二人の会話を遮り、慌てて洋さんの店を出た。

気分を軽くするつもりが、かえって気掛かりなものを増やして家に帰ってきた。父の仕事場になっている玄関は開け放されていた。いい返事ならいきなり仕事場へ入るのだが、みちはその前をすっと通り抜けた。

四カ月前、中学を卒業して働いた初めての給料袋を手にしたとき、みちは気がはやって一刻も早く家に帰りたかった。薩摩町の電停で、電話局の角を日本大通り方面から曲がってくる市電をひたすら待った。自分の働いた給料からいくらもらえるのかについて、採用されてすぐ、みちは父と交渉した。初めての給料だけは身支度にかけたいので全部欲しいと頼んだ。「一カ月間、家でめしを食わねえならかまわねえよ」と父は言った。みちはそれは諦めたが、せめて五分五分にもっていきたいとしつこくねばった。結局、給料は父が七分、みちが三分ということに決まってしまった。そのように大方が父へいってしまう給料だったが、みちは市電を降りたあと家まで走りどおしだった。その時は待ち切れず、仕事場の戸を開けるなり、「はい！　月給」と、父に給料袋を突き出したのだった。

家族の出入り口になっている台所から入った。母は流しでさつまいもを洗っていた。末っ子のチエが買い物から帰ったばかりらしく、上がり框に大根や小松菜などを並べていた。みちが就職するまでやっていた買い物や母の手伝いを、中学一年のチエが代わってやるようになった。みちはチエの肩に触れてから、その横を通って仕事場の障子を開けた。父は仕事の手を止めてみちを見た。

「ガラス屋の旦那がね、納期を三日遅らすことは無理だって。先方にどんなに無理言って頼んでも一日がめいっぱいだってさ。親父さんにそう伝えてって言ってた」

みちは一気に言ったあと、父が怒鳴るのを予期して、首を少し縮めていた。父はじろっとみちを見て、もう行けというふうに手で払った。みちはほっとしたものの、これで収まったのか、それとも何か起こるのか、不安になるのだった。

次の日、みちが局から帰ってきたのは六時少し前だった。いつも父は、仕事を五時に仕舞い、風呂を浴びたあと、ちびりちびりと晩酌を始めるのが日課になっていた。ところが今日は、まだ仕事をしている。それから十五分くらいして妙子が帰ってきた。

「今日は早いね、どうしたの姉ちゃん？」

「あんたに合わせて帰ってきたのよ。まだあんたの就職祝いやってなかったから、今日ご馳走してやろうと思ってね」

「えっ、就職祝い？」みちはしきりに目をしばたたいた。

宿題をしていた末っ子のチエが、大急ぎで自分も支度をしようとすると、

「チエは今度つれていくからね」妙子に事もなげに言われて、呆然としている。みちはチエから目を逸らせて、いま着替えたばかりの通勤着をまた着た。グレーの半袖のYシャツに紺のタイトスカートだ。

「ちょっとオ、もう少し何とかならないの」妙子がみちの服装を指さして首を傾げた。

みちはちらっと虚空を睨んでから、にんまりした。出してきたのは、妙子のお下がりの、白地にえんじとグレーのチェックのフレアースカートだった。よそゆきだから、めったに着たことがない。妙子が小さく頷いた。妙子は胸の大きく開いた、フレンチ袖のクリーム色のツーピースを着た。

横浜橋通りに行くときは、路地を右手へ曲がる。伊勢佐木町へ出るときは、左へ曲がり、洋さんの店の脇を右へ折れて川っぷちへ出て阪東橋を渡る。妙子は右へ歩きだした。みちは後を追いながら、伊勢佐木町へ行くんじゃないのか、と意外に思った。するとこ妙子は通りへ出てから、川っぷちを阪東橋方向へ戻った。洋さんの脇を曲がっていれば、今頃は阪東橋を渡って伊勢佐木町のとばくちぐらいに着いているはずだ。みちは不審に思ったが、洋さんの店を早引けしてきたからまずいんだ、と勝手に解釈した。

妙子が連れていってくれたのは、伊勢佐木町の裏通りにあるレストランだった。薄暗い店の中の、隅に席を取った。妙子は初めての店ではないらしく、落ち着いていた。みちにはオレンジジュースを、自分はビールを頼んだ。料理はカツレツだった。

「遅くなったけど、就職おめでとう」妙子がビールのグラスを鼻のあたりまで上げた。みちは慌ててジュースのグラスを摑み、「どうもありがとう」と、神妙な顔で頭を下げた。

仕事のことなど妙子に訊かれ、みちは当たり障りのない返事をした。勤めはじめのころ、妙子に聞いてもらいたくて、妙子の一人だけの遅い夕食が終わるのを待った。でも、妙子は、出掛けない日は風呂に入ったあと、身の回りのことを済ませるとさっさと寝てしまった。みちにもチエにも、我関せずという態度だった。最近は、ほてい屋の話題も出なかった。だから、いまさら就職祝いなどと言われて、うれしいけれど戸惑ってもいた。もしかしたら、洋さんとのことをあたしにはっきりさせるために誘ってくれたのかもしれない。でもそれにしては話がちっともそっちへ向かない。

「妙子姉ちゃん、洋さんとうまくいってないの？」

「なによ、藪から棒に。店の主人と使用人としては、とてもいい関係よ」

あまり熱のこもらない言い方に、みちは肩透かしをくった気がした。

「そういうことじゃなくて！　結婚しないの？　いつまで洋さんを待たせるの。洋さん、もういい歳になっちゃったじゃない」

「だってあたしたち、婚約者でもなんでもないよ。そんなに決めつけないでよ」

妙子が不機嫌な顔をした。

「じゃあ、結婚する気はないんだ」

「なんで結婚、結婚て言うのよ。洋さんと結婚しようと思ったことはないよ。なんかそんなふうに、あたし振る舞ってた？」

「洋さんはずうっと、妙子姉ちゃんのことが好きなんだよ。姉ちゃんは気が付かなかったの？　それとも、ほかに好きな人がいるの？」

妙子がどぎまぎしたようすで、目をしばたたいた。

「姉ちゃんが前に勤めていたところのマスターじゃないよね」

妙子がピクッと肩を震わして、みちを凝視した。

「あたしね、マスターのこと気になってたんだ。だって姉ちゃん、マスターが好きらしかったから」

妙子が観念したように言った。

「そりゃあ洋さんはいい人よ。子どものころは憧れていたときもある。うちの一家も、洋さんにはずいぶん世話になったよね。でもあたしね、どうしても、恋人とか結婚相手としての洋さんは考えられないんだよ。洋さんも最近はあたしのそういう気持ちを察してるみたい」

カウンターに腰掛けている中年のちょっとくずれた雰囲気の男が、時々体をよじるようにして妙子を見ている。妙子と一緒だと、よくあることだ。妙子の醸し出している色気が男の視線を引き寄せるのか。十七、八のころ、妙子は元町の近くで、昼間は喫茶、夜はバーになる店で働いていた。店のマスターとの仲をマダムに疑われて、嫌がらせを受けていた。妙子はマスターとはなんでもないと言っていたが、当時十三歳のみちから見ても、妙子がマスターにイカレてしまっていたのは間違いない。あのときの姉の歳に、いまあたしはなっている。でもずいぶんちがうもんだと、自分の細い腕や、少ししか盛り上がっていない胸元を見ながらみちは思った。

やっと揚げたてのカツレツがきた。まだプチプチと油が息づいている。みちは初めて食べるカツレツに見入った。

「熱いうちに食べよう」妙子がみちを促した。妙子は手際よくナイフで切っては、フォークで口に運んでいる。みちは最初に全部切り分けて、一切れずつ噛み締めて食べた。ライスも混じり気のない白米だ。米の配給は一月《ひとつき》に十五日分しかないので、みちの家でも大分麦を混ぜて炊いていた。銀しゃりなんて食べたことがない。

「でもあんた、ずいぶん生意気っていうか、大人になったわね。姉ちゃん問い詰められちゃったもんね」残っていたビールを飲み干し、妙子がみちの食べぶりを見ながらそう言った。

みちは妙子がマスターのことについて答えなかったことに思い至ったが、今日のところは深追いしないことにした。妙子がマスターのことを否定しなかったのは重要なことである。

「とにかくね、洋さんとの仲はそういうことだから、これからどういうふうになっても心配しないで。分かったわねッ」

妙子がきっぱり言い切った。みちは頷いたとたん、洋さんが上がり框に腰掛けて俯いている姿が目に浮かび、慌てて首を横に振った。

その夜、妙子とみちが家に帰ってきたのは八時を過ぎていた。仕事場では父がまだ仕事をしている。父の食事がちゃぶ台に出ているので、妙子とみちのふとんは敷けなかった。隅に敷いたふとんでチエは寝ていた。背を向けているので寝顔は見えないが、目覚めているらしく、寝姿が微動だにしなかった。九時を過ぎたらいつの間にか寝入ったらしく、こぢんまりしてまだあどけなさが残るチエの寝顔が、天井を向いていた。十時になっても、シュルシュルとかんなの滑る音や、ペッペッと手につばを吹きかけ、錐をもんでいるらしい音が聞こえてきた。母がお盆に父の食事をまとめて、台所へ下げた。ちゃぶ台をたたみ、妙子とみちのふとんを敷いた。すぐ妙子の寝息が聞こえたが、みちは仕事場の物音に全神経を傾けた。十一時を過ぎても、父は仕事をやめない。母は寝ることもならず、チエの横に坐って居眠りをしている。みちには父が、納期を守るために夜なべをしているとは思えない。それで間に合うなら、はじめからそうすべきだったのだ。きっと、腹を立てているんだ。鈴木ガラス店の旦那にか、あたしにか分からないけれど。十二時になる前にみちは寝入ってしまった。

　次の朝、六時半にみちが目覚めると、仕事場では物音がしている。台所で母に訊くと、夜中に三時間ぐらい寝て、明け方からまた仕事をはじめたという。そういう夜なべが三日間続いた。みちは母に、今までにも納期を延ばしてもらったことがあるのかと訊いた。そういうことはたまにあることで、いつもは父が自分で掛け合いに行き、延ばしてもらったというのだ。あたしが使いに行ったから、鈴木ガラス店の旦那は、子供の使いだと思って断ったのか。子供だからって、あたしはもう社会人だ。馬鹿にするな、と思った。落ち着かない日を過ごし、みちは父にわだかまりを感じていたが、父のようすには別に変わったところはなかった。

陳列ケースは着々と進んだ。それと共にみちの心も落ち着いてきた。延ばしてもらった納期は明日に迫った。みちが七時に出勤するとき、ちょっと開いている障子越しに仕事場を覗いた。父が立ったまま作業をしている。いよいよ仕上げの段階だなと思いながら家を出た。局から帰ってきたみちが、戸が開いている仕事場をちらっと見ると、陳列ケースが無い。納期は明日だ。狐につままれたような気持ちで台所から入った。風呂を焚いている母に小声で訊いた。一日延ばしてもらった納期は明日だけど、元々の納期に上げたんだそうだ。どういうことか分からない。座敷に上がると父の晩酌は始まっていた。チエがちゃぶ台の前にかしこまって坐っている。みちを見ると、おまえもここに坐れ、と父が上機嫌で言った。

「ケース、もう納めたの?」

「ああ。鈴木のおやじ、たまげてやがった。みち、おまえも一杯やれ」父は一升瓶を突き出した。みちはちゃぶ台に出ていた自分の湯飲み茶碗を差し出した。父はなみなみと注いだ。

「これって、乾杯？」

「つべこべ言わずに飲め」

みちはごくりと一口飲んだ。胃の腑がかっと反応した。チエも自分の湯飲み茶碗に注がれた酒を、ちびちびなめている。

「チエ、何か食べないと悪酔いするよ。お豆腐食べよう」みちは、チエと自分の箸と皿を茶ダンスから出した。

みちは、五、六歳の頃から、父の膝に坐らされて、ときどき酒を飲まされた。最初は苦しんだが、そのうち慣れて、さしみの一切れも口に入れてもらおうと心待ちにしたものだ。戦後は父もなかなか酒を口にできなかったので飲まされることはなかった。二年ほど前から、毎晩焼酎で晩酌をするようになった。ちょっといいことがあると、焼酎でなく酒にした。それにしても、今日のこの酒の意味は何だ？　と気にかかった。父が上機嫌のところをみると、陳列ケースを今日納めたことだろうとは思う。せっかく一日延ばしてもらったのに、それを蹴って、寝ずに頑張って、今日に間に合わせた。分かるようでわからない。こういうのを職人の意地というのだろうか。みちは酒を口にしているうちに、自分もいっぱしの職人になったような気になった。鈴木ガラス店の旦那の疑い深そうな顔が浮かんだとき、みちはその顔に向かって、ざまぁみろと毒づいていた。

三村奈津子が訓練課の教師から、即時課の運用主任として異動してきたのは、その年の十月のことである。交換室は違うが、休憩室が一緒なので、みちは三村奈津子と会う機会も多くなった。三村奈津子を衛星のように取り巻いている二人の女性が、三村奈津子と休憩室で話している姿も目にするようになった。ほんとに親密そうな空気の層が三人を包んでいた。三人が立ち上がると、休憩室中の目がそこに集まった。三村奈津子を先頭に、右肩をやや落とし、髪を揺らし、草履の音を響かせて、三人が休憩室を出て行くまで、注目され続けた。三村奈津子の噂も耳に入ってきた。物静かな三村奈津子が、交換手の不利になることは、課長の命令でも抵抗し、相手が局長でもひるまず物を言うとのことだった。みちはますます三村奈津子にひかれていった。

それから間もなく、みちと小谷民子は、三村奈津子から家に遊びに来ないかと誘われた。日曜日の午後、二人は、前もって書いてもらった地図を頼りに、保土ケ谷区にある三村奈津子の家を捜し当てた。木戸の脇の生け垣から、玄関に掛かった三村の表札が見えた。小ぶりだが日当たりのいい二階家で、玄関の右横から庭に回れるようになっている。

「ごめんください」小谷民子が声をかけた。

廊下をひたひたっと走ってくる足音がして、「はい」という返事とともにガラス戸が開いた。髪を後ろで無造作に束ね、着古した藍色の作務衣を着た三村奈津子が現れた。よく来た、さあさあと、手をとらんばかりに、二人を招じ入れた。部屋に案内されてからも、みちが三村の作務衣を珍しそうにしげしげ見ているのに気づいて、「ああ、これ？　父のお古なの。もう居ないけど。これが好きで家ではいつも着てるのよ」と、笑った。

「まあまあ、よくいらっしゃいました」着物に割烹着姿の三村の母が、お茶を持って入ってきた。三村に似て意志の強そうな顔だが、微笑むと慈愛に満ちた顔になる。

「むさ苦しいところですが、ゆっくりしてってください」

「お母さん、早くご馳走をお出しして」

「ご馳走というほどのものじゃありませんよ」腕を大きく振り、走るような真似をしながら三村の母が廊下へ消えた。次に入ってきたときには、お汁粉の椀と、昆布の佃煮を盆にのせていた。みちと民子が同時に、うわぁーと感嘆の声をあげた。

「お好きですか？　それはよかった。この子も目がないんですよ」ではごゆっくり、と言いながら三村の母は出ていった。

お餅の代わりに、小麦粉のお団子が入っている。戦後初めて食べるお汁粉だった。こんなおいしいものが世の中にあったのかとの思いだった。チエにも食べさせてやりたい。このところあたしばっかりいい思いをしている。社会に出ると思いがけないことがあるものなのだ。みちはがつがつしないように気をつけ、三村が食べ終わるのに合わせて食べ終えた。

三村の母がお茶の入った土瓶を提げてきて、満ち足りて穏やかな表情の三人を楽しげに見回した。

「わがままな子ですから、ご迷惑をおかけしてるんでしょう？　なにしろ、掃除も洗濯もしたことがないんですよ。まるで男の子みたい。暇さえあれば、本を読んでるか、レコードをかけてるんですからね。これの兄の方が、家の中のことはよく気が付くんですよ」愚痴のように言いながらも、三村を見る目は暖かい。

先生にはお兄さんがいらっしゃるんだ、とみちは思った。男の兄弟がいると何か違うのだろうか。そういえばわたしにも、二つ違いの兄がいた話を姉たちから聞いたことがある。でもわたしが生まれて間もなく二歳で死んでしまったのだから、実感はまったくないのだが。

「三村先生はご自分の下着もお母さんに洗ってもらうんですか」

民子が質問した。

「ええ、そう。わたしのを一番最初に洗ってくれないと文句いうの」

悪びれず、そんなことを言う三村を、民子は呆れ顔で見ている。みちは複雑な気持ちだった。いつも憧れている三村先生との落差が激しくて、戸惑っていた。洗濯をしないのが事実だとしても、誇らしげに言うことじゃないのに。三十近くにもなって、そんな常識も分からないのだろうか。一瞬、醒めた考えがよぎったが、目の前の三村奈津子を見ていると、それはそれでいいんだと思い直した。

「わたしの部屋でレコードを聴きましょう」と言いながら三村奈津子が立ち上がった。みちと民子は、その後に従った。居間とは反対側の北向きの部屋の前に立った。洋間らしく、この部屋だけドアがついている。三村奈津子が中へ入り、次に続いたみちが足を踏み入れようとして、はたと棒立ちになった。部屋が自分を拒んでいるように感じたからだ。瞬間目に映ったのは、黒とグレー、しかも鋭角なものばかりの空間だった。後ろから民子が背中をつついた。はっとしてみちは中へ入った。民子も入ったらしい気配がした。四畳半の部屋の壁際に黒塗りのベッド、その横の窓際に黒塗りの机と椅子。カーテンとベッドカバーはグレーだ。鏡台はなく、柱に細長い鏡が吊るしてある。飾り物らしき物は一つもない。三村はみちと民子にベッドに腰掛けるようにすすめて、自分はレコード・プレーヤーの前に立った。そこだけ茶系統なので暖かみがある。三村は机の前の椅子を引き出して坐った。レコードから流れてきたのは、バッハのトッカータとフーガだとすぐ分かった。この曲を初めて聴いたのは、局でたまに開かれるレコードコンサートでだった。強く心を打たれたのでプログラムに丸印をつけておいた。後で三村奈津子に話すと、その曲は私も好きで家でもよく聴いていると言われたからだった。三村はやや目を細めて聴き入っている。みちも民子も、背筋を伸ばし、肩に力が入ったまま聴いた。本棚にグレーのカーテンが掛かっているので本は見えないが、みちはそこから目が離せなかった。最初は曲に耳を傾けていたが次々雑念がよぎった。どうしてこういう部屋にしているのか。この部屋は女であることを拒否している。三村先生はこれで居心地がいいのだろうか。三村先生の精神状態に合っているのだろうか。

みちと民子はレコードを聴いたあと、居間でまたお茶をご馳走になり、三村奈津子の家を辞した。帰り道、あんな暖かそうな家庭から、どうして三村先生のような強い心が育まれるのだろうかと、みちの疑問は大きくなっていった。もっと三村先生のことを知りたい。一歩でもそれに近づきたいと強く思った。


課長が予告したように、年が変わった昭和二十八年四月、入局から一年めに、みちは宿直勤務の組に編入された。一つの組に責任者である主任を中心に、ベテラン、中堅、新米と、十名でバランスよく構成されていた。

初めての宿直の日、日勤だと帰る午後四時半に、入れ替わるように出勤した。午後九時までの勤務者が帰ると、あとは宿直組だけが残った。これから長い夜を明かさなければならない気の重さはあるにしても、上司も仲間、仕事はひま、ということで解放された気分になっていた。交換室に木製のテーブルと、お茶と安菓子が持ち込まれた。交換台には一人だけ着いた。各台には、すべての局の回線が収容されているので、夜間の場合はどこの局から呼ばれても一人で対応できた。後の交換手たちはそれぞれ交換台から椅子だけを引き抜き、ひとかたまりにテーブルを囲んだ。男の話、服装の話、とりとめのない話に笑い興じた。みちもしばらくはその輪の中にいたのだが、さりげなく立ちあがった。明るく空気も乾燥しているように感じられるその一角からちょっとでも離れると、夜の交換室はしっとりとして重い。ずらっと並ぶダイヤルやプラグに、遠くの蛍光灯が反射してかすかに光る。ふだん見慣れている交換台の塗りが、深い光沢を放って、暗い中に整然と並んでいる。これらを眺め回したとき、思いがけず、交換台への愛着がみちの中にこみあげてきた。いつまでも浸っていたかったが、明るい一角から名前を呼ばれた。

「夜は初めてだから、珍しいんでしょう。慣れれば泊まりも捨てたもんじゃないわよ。さあ、お菓子をつまみなさいよ」

主任は笑顔を向け、みちを仲間に引き入れようとした。ひとしきりおしゃべりをした彼女たちは、私用の電話をかける者、雑誌を読む者などバラバラの行動をとりだした。ベテランの一人が、とろけるような声をだして電話をかけている。相手はきっと恋人だ。仕事で発する声は機械的なのに、よくもこんなに変われるものだとみちは感心した。お菓子をぽつり、ぽつりつまんでいたが、四十分の休憩が許されたので、みちは交換室を出た。休憩室へ行こうとしたが、ふっと屋上へ上がってみようと思いついた。鉄扉を押して外へ出た。午前零時を過ぎている。ちょっと寒い。どこも真っ暗。シルエットだけの、キングの塔、ジャックの塔、クイーンの塔がある。それぞれの昼間の姿が脳裏にあるから素っ気なくはない。道路は濡れたように光り、港まで続いている。みちは唐突に、三村先生は真夜中の局の屋上を知らないかもしれない、わたしは知っている、と思ったら、背中がこそばゆくなった。身も心も解き放たれ、立っているだけで心地良かった。みちはしばらくの間、シルエットの一つになりきっていた。

交替で二時間ずつの仮眠をとった。仮眠室は昼間、生け花や洋裁の稽古に使われる和室なのだが夜の様相はまるっきりちがう。薄いふとんが敷きつめられ、頭からふとんを被ってもう何人かが寝ている。どこの課の人だかわからない。靴脱ぎ場には紺の布サンダルがひっくり返ったり重なったりしている。みちは、隅に自分のサンダルを揃えて脱ぎ、端のふとんへ滑り込んだ。

午前四時、もうれつに忙しい、朝がやってきた。横浜の魚市場、青果市場の大手の会社から、一斉に各地の魚市場や青果市場へ朝競りの電話が申し込まれた。十人が必死でそれを捌いたが、時間との勝負なので殺気立った。申込者側の電話はそれぞれ五本しかないのに、申し込まれた通話は十数倍もある。あっちでも、こっちでも相手は出ているのに、申込者の電話をいくらダイヤルしても話中で繋げない。どうして全然空かないのかとみちは憔悴しきっていた。ところが、隣の座席の先輩が、みちが何度ダイヤルしても話中で確保できない申込者の電話番号を、口にしては、通話を成立させている。おかしいと注意して見ていると、通話が終わればコードを抜くべきなのに、そのまま保留して専用にして使っている。他の台を見るとほとんどの台が、一回線は保留したまま使い回している。これではいくらダイヤルしても話中の状態のはずだ。後ろを巡回していた主任が見かねて、ベテランに話をつけてくれた。みちの台のコードをつと伸ばし、あるジャックに差し込んだ。

「山下さん、マルウオ（魚市場の会社）空いたから使いなさい」と、保留回線を回してくれた。それでみちの手元に滞っていた通話がやっとはけていった。どんなに通話が輻輳していても、時間がくればすべての通話は完了する。そして、日勤者と交替して、宿明けとなった。

泊まりを経験したことで、みちはまた一つ、大人の仲間入りをしたような、晴れがましい気持ちになっていた。海を見てから帰ろうと、家とは反対の方向へ歩きだした。

第二章　洋さん

玄関先でノミを研いだ水を、父はそばのヤツデの根元にかけた。電話局の仲間の交換手から、山下さんの家の門の木は何？　と訊かれたとき、ヤツデ、と答えたら妙な顔をされた。みちの家には門はないし、木といえばヤツデの木が一本あるだけだ。植木はないが、玄関の軒先には、父が仕事で使う材木が何本も立て掛けてある。それは三角のトンネルを作っていたから、家への出入りはまずそこをくぐり抜けた。門といえばいえなくもない。

玄関は三畳ほどの土間だが、そこを板張りにして、父は仕事場にしていた。隣の部屋との仕切り板に、クギをたくさん打ち付け、大小さまざまのノコギリを並べてつるした。その下の、坐って手の届くあたりに桟を渡し、二十丁以上のカンナを差した。仕事場の真ん中に分厚くて細長い台を置き、それを股に挟み込んで仕事をした。寒い時季以外は、玄関を開け放して仕事をしたので、仕事場はもちろん、その後ろの居間まで路地から丸見えだった。母はいつも、外から見えない隅に坐って用事をした。

めずらしく姉の妙子も交えた夕食で、活気づいていた。父も上機嫌で、妙子にも飲めとしきりに酒をすすめた。初めのうちは気乗りのしないようすの妙子だったが、二口、三口と飲むうちに調子が出てきた。胸元まで開いたむきだしの首筋がほんのり赤くなった。眼を細めて飲み込むしぐさが、さすが飲ん兵衛の娘という感じだ。みちは父が自分にも飲めと言うのを半ば当てにしていたが、無視された。幼児のころから、父が気分次第で膝に抱きあげたみちに酒を飲ませてきたから、酒に反応する体になってしまった。それを目の前で、二人してうまそうに飲みながら、知らん顔とは失礼な、と思うがあたしも飲みたいとは口が腐っても言いたくない。

「ここんとこ、ばかに女っぷりが上がったじゃねえか。洋とはそろそろか」

「ばかなこと言わないでよ。あたしは一生結婚しません！」

妙子は酔いが回ってきたらしい。ちゃぶ台に両肘をついて、自分の手を眺めたり、いきなり叩いたりした。

「洋さんは色男ってわけにはいかないけど、誠実だから、結婚相手としてはいいね」

みちが話に割って入った。

「あんたに男の何がわかるのよ。十六歳やそこらで。誠実でいいなら、掃いて捨てるほどいるじゃない」

「じゃあ何が一番なの？」

「そんなこと知るかさ。とにかくあたしは結婚なんかしないんデス。じゃなきゃ、とっくにしてるわよ。もう二十歳《はたち》にもなるんだから」

「あたしは洋さんと結婚してもいいナ。洋さんは優しいし、お店をやってるし」

末っ子のチエが身を乗り出して言った。

「さあさ、おまえたちはごはんを食べちまいな」母がみちとチエを急き立てた。

相変わらず麦と外米の混じったごはんを、みちは自分とチエの茶碗に盛った。今チエの言ったことが耳を離れず、食べることは上の空だった。チエが洋さんを？ 妙子と洋さんのことばかり気にしていたが、十三歳のチエがもう結婚相手として洋さんを意識していたとは。このショックはどうしてだろう。わたし自身の洋さんに対する気持ちはどうなっているのか。自分の心を隅々まで探ってみても、兄のように頼れる近所のお兄さん、という以上の意味は見つからない。とはいえ、みちの中では、この「兄のように頼れる近所のお兄さん」は、重要な意味を持っている。

浅草の八百屋の奥の長屋に住んでいた頃、みちが五歳の時のことだ。父は女道楽で家に寄り付かず、母は日銭を稼ぐため近所の使い走りをしていた。妹のチエは一歳で、九歳の妙子が世話をしていた。近所の女の子たちが「チエちゃんを負ぶわせてください」とやってきて、妙子が背中へ背負わせていた姿を鮮明に覚えている。姉たちからはかまってもらえず、みちはいつも一人でほっておかれた。おそらく薄汚れていたと思う。近所にミッキーさんというお兄さんがいて、みちを可愛がってくれた。ある日、みちが露地にぼんやり突っ立っていると、ミッキーさんがやってきた。その日はみちに肩車をしてくれるという。ミッキーさんがしゃがんで、みちに向けてくれた大きな背中によじ登り、首っ玉にしがみついた。徐々に足を肩の方へ回して、両足でミッキーさんの首を挟んだ。エビのように縮こまってミッキーさんの頭を抱え込むと、その頭がするすると高くなり、地面がずんずん離れていった。

肩車をして露地を出ると、ミッキーさんは表通りを闊歩した。「どうだ、みち。おもては広いだろ。明るいだろ」と言った。初めのうちはまぶしくて、心もとなかったが、それにも慣れると、巨人になったような気分で、あっち、こっち、と自分の行きたい方向を指さした。今思えば、ミッキーさんは、薄汚いなんて問題にしなかったのだ。ミッキーさんがいなかったら、みちはもっとねじくれた人間になっていたのではないかと思う。みちが中学生になってから、昭和十年代にどうしてミッキーなどという英語のあだ名がついたのだろうと疑問に思ったことがあった。調べてみたら、一九二九年（昭和四年）の世界大恐慌の辛い時代に、癒しのシンボルとしてミッキー・マウス人気が世界に広まって人々から愛されたそうだ。ミッキーさんにそのあだ名がついたということは、ミッキーさんが人に愛される、人を癒せる人だったからではないかとみちは思っている。ミッキーさんの家に連れていってもらった覚えもないので、家に病人でもいたのだろうかと想像もした。本名が分からないので　姉たちに訊いたが分からなかった。

さらに大きくなってから考えたことだが、ミッキーさんと自分とは同じ臭いがしていたように思う。違和感なく受け入れていた。そう思うのは、当時他にもみちを可愛がってくれた人がいたのだが、そこには大きな違いがあったからだ。

同じ時期か少し後ぐらいだと思う。近くに安田のおじさんの家があった。近いといっても車も通る大きな通りを渡らなければならなかった。どういうきっかけで安田のおじさんの家に行くようになったか覚えがないのだが、とにかく、その玄関に入ると、安田のおじさん、おばさん、おばあさんの三人が待っていた。三和土にお湯か水の入ったバケツが置いてある。おばさんとおばあさんが二人がかりでみちの顔、首、手足などを丹念に拭く。おじさんは立って見ている。拭き終ると座敷へ通されおじさんが膝の上に坐らせてくれる。お菓子や果物などの御馳走が出て、帰るときにお菓子を包んで持たせてくれた。ミッキーさんの場合とはっきり違うのは、そういうふうにしてもらったというだけで、楽しかったとの思いはまったくない。

いくら子どもがいなくて寂しいからといって、汚いと思う子を、そうまでして部屋にあげる意図が分からない。ミッキーさんが汚さにこだわらなかったことがみちを救っている。

そして洋さんは第二のミッキーさんのような存在なのだ。みちが小学生のころからみちの家に出入りしていた洋さんは、むさくるしい母にもおばさん、おばさんと言って馴染み、その後、路地でほてい屋を開業する時も母に手伝ってほしいと頼みにきた。

「どいつもこいつも何考えてるんだかわかりゃしねえや」ぶつぶつ言いながら、父がごろっと横になった。

「あたしも眠いから早く片付けてぇ」妙子がタンスに寄りかかって居眠りをはじめた。

母はごはんにお茶をかけてかっ込み、みちとチエはちゃぶ台のものを、ばたばたと片付けた。

「山ちゃん、たまにはきれいな柄物を縫わせてよ」

小谷民子は笑いながら、みちの持ってきた紺の布地を受け取った。民子は洋裁の腕も上がり、冬物のコートも縫えるようになった。練習だからと、何でも気安く仕立ててくれる。みちが持ち込む布地の色は、白、黒、紺、グレーと決まっていた。その色は、三村奈津子が好んで身に着ける色でもあった。みちには、華やかな色や柄物を着ることは、汚らわしいことだという感覚があった。

みちと民子は、久しぶりに宿直が一緒になったので、休憩室の隅の方で顔を寄せ合った。落ち着きが出て、大人びた顔付きになった民子とは対照的に、みちは眼がきつく、あごがとがってきた。

「ところでねえ、山ちゃん、組の人達がばかばかしい話をしていても、表面だけでも合わせていた方がいいんじゃないかしら?」

「えっ、どうして?」みちはいかにも心外だという顔をした。

「だって、組の人達とは家族とより一緒にいる時間が長いのよ。うまくやらなきゃ組の雰囲気も悪くなるし、山ちゃんだって仲間外れにされてイヤでしょう?」

「表面だけ合わせるなんて、それじゃ自分も相手も欺くことで、二重の欺瞞になるじゃない。どうしてそんなことする必要があるの?」

「三村先生だって、課の人達と自然に接していると思うわよ」

民子がどうだ、というように、みちの表情をうかがった。

「三村先生が、男の話や人の噂話をするっていうの？　そんなわけないじゃない！」

声が大きかったからか、二、三人の交換手がみちの方を振り向いた。

「余計なことだったかもしれないけど、山ちゃんのことを周りの人が誤解して高慢ちきなんて言ってるので、ずっと気になってたもんだから」

「ありがとう。よく考えてみるわ」

とは言ったものの、民子の忠告はみちにはありがた迷惑だった。親しい友達は民子しかいないので、大切に思ってはいるのだが、最近はその民子さえうっとうしく思える時がある。

「ところで、あした帰りにスケートリンクへ行かない？」めずらしく民子が誘った。

「うん、行こう、行こう」みちは大きく頷きながら同意した。いつもは一人で行くのに、民子と行かれる嬉しさで、ひそめていた眉が伸びきってしまった。

　みちの交換台の左側の方が、なんとなくざわついている。どこ？　どこ？　と言いながら、コードを持って伸び上がっている人もいる。みちは左隣りの交換手を怪訝な顔で見た。その人はみちの視線にすぐ気づき、「今美空ひばりが話しているの、××に差し込んでごらんなさい」と言った。みちは素早くプラグを差し込み、キーを聴話に倒した。こましゃくれた少女の声が聞こえてきた。相手は男なのだろう。女に対しては発せない声の抑揚だ。これが美空ひばりなのか。新聞で読んだ、郵便局の職員が美空ひばりへの年賀状をリヤカーで運んだという記事を思い出した。すごい人気のあの天才少女と、この電話の少女が、みちの中でうまく繋がらなかった。

みちは今までも時々、必要以上に聴話をすることはあった。いつの場合も、相手が特定されていないので、その場限りで聞き流せた。職務上必要な聴話との差は、言い訳できる範囲内だった。でも今は、自分が繋いだ通話ではないのに、聴話だけが目的で人の話を聞いている。それも、何人もで聞いている。みちは気が咎めてコードを抜こうとした。その時、かすかにカチッという音が感じられた。また誰かが差し込んだのかもしれない。差し込むときに音がするなら、抜くときにも音がするのか。みちは抜くのを躊躇した。そのうち、みちの台で繋いでいた通話が終了した合図のランプがついた。キーを通話に倒し、「もしもし」と声を掛け、応答がないのを確認して終了時刻を交換証に記入した。

あの通話はもう終わっただろうかと、盗聴の回線を聴話にすると、甘えた物言いが続いていた。そこへ突然、ドアが開いて外の雑踏が流れ込んだようなざわめきが入った。みちはすぐ、誰かがキーを聴話から通話へ、間違って倒してしまったんだなと思った。その状態で話したら、それはすべて通話者に聞こえてしまう。すぐ気が付いてキーを戻したから、一瞬交換室内の雑音が入っただけですんだのだろう。

「この電話へんねえ。何だか落ち着かないわ。また夜でもかけるから……」

美空ひばりとおぼしき少女は、息をひそめて盗み聞きされている気配を、敏感に感じ取ったのかもしれない。みちは盗聴していたコードを静かに抜いた。以前、必要以上に聴話をしていた交換手が、誤ってキーを通話に倒したことに気づかず、そのまましゃべって通話に介入してしまったことがあった。通話者からの苦情が局長にゆき、交換証の記録から扱者がすぐ判明した。当の扱者だけでなく、課内の交換手全体が厳しく注意された。みちは今日のことも、もしかしたら苦情がくるかもしれないと思った。後ろを巡回している主任が、これらの動きに気づかないはずはないのに、見て見ぬふりをしているように見えた。みちに反発心がわいた。振り向いて、すこし離れたところに立っている主任の顔をじーっと見た。主任もみちの顔を、瞬きもせず見据えた。

午後に三十分のまとまった休憩があったので、みちは迷わず屋上へ上ってきた。階段を昇り詰める手前で、コツコツと履物の金具の音が聞こえた。みちが敏感に反応する音だ。最後の数段を駆け上って、屋上へ飛び出た。三村奈津子は、あら！　という顔でみちを見ると、みちがいつも胸をきゅッと摑まれるはにかんだような笑顔をした。三村奈津子がキングの塔を見、次にジャックの塔に眼を移した。みちも三村奈津子の真っすぐ伸びた後ろ髪を追っていた。次はクイーンの塔だなと思っていたら、ふいにその髪が渦に巻き込まれたように回転した。三村奈津子がみちを振り返ったのだ。

「山下さん、あなた何か悩んでいるんじゃないですか。あなたが周りから孤立してるらしいことが聞こえてくるので、気になっていたんですよ」

三村奈津子は、話してごらんなさい、と促すような深い眼差しでみちを見つめた。

「先生、わたし、組の人や課の人達に、どうしてもなじめないんです。話をする気がしないんです。あの人たちは、人の噂話とか、流行の服のこととか、男の人の話ばっかりなんです。どうしたら自分を高められるかなんて、考えてないいんじゃないかと思うんです」

三村奈津子は声をたてて笑った。みちはムッとした。

「あら、ごめんなさい。笑ったりして。私にもそんな時期があったなと思ったもんですから。山下さん、自分の周りの人を機械的に切り捨てないで、素直に見てごらんなさい。いろんなことを、地道に考えている人は必ずいるものなんですよ」

みちは三村奈津子の目を見つめていたが、何となく恥ずかしさを覚えて目を伏せた。

三村奈津子はさらに言葉を継いだ。

「私の課には二百名ぐらいの交換手がいます。そのうち十人たらずではあるけれど、仕事が好きなわけではないのに、懸命に取り組んでいる人がいます。私はその人達のためだけにでも力を尽くす甲斐があると思っているんですよ。その人達は、生きるということ、その中でも仕事というものを、不器用なほど真摯に考えているのよねえ」

「その人達」のことを思い浮かべているのか、三村奈津子の表情は暖かいものに包まれていた。自分の周りにもそんな人がいるのだろうか。みちは頑なになっていた自分を突き放す余裕がすこしできた。

三村奈津子がいる即時課は、東京への通話の申し込みがあると、切らずにそのまま待たせて、ダイヤルで即時に繋ぐ課だった。みちの所属する待時課が、相手局の交換手を通じて手間ひまかけて繋ぐのと根本的に違った。みちが抱いている即時課のイメージは、がさつで刹那的というものだった。その課に三村奈津子が運用主任として配置されたことに違和感を持っていた。けれど三村奈津子は、そういう課で、十人ほどの「その人達」を見つけだし、見守っている。その方がよほど真摯といえるよなぁと感じ入った。休憩時間も終わりに近づいたので、みちは三村奈津子と別れた。

その日は日勤だったので四時半に勤務が終わった。帰りは、日本大通りへ出た。両側を銀杏並木に囲まれたこの広い通りがみちは好きだ。冬の間はこの時間でも薄暗くなるので、あえて通ろうとはしなかった。つい最近まで、焚きつけのように枯れた枝ばかりだと思っていたのに、久しぶりの銀杏並木は違っていた。瑞々しい若葉が吹き出て明るい雰囲気に包まれている。その連なりの中をゆっくり歩いた。三村奈津子が言った、仕事を不器用なほど真摯に考えている人が、自分の周りにもいるのだろうかと考えた。思い浮かぶかぎりの交換手の顔を並べた。百人程度いる課内の交換手の中で、半分以上は口を利いたことがない人達だった。人の噂話、男の話、流行の服の話をする人は目立つけれど、それほど多いわけではないのかもしれない。それに話を合わせている人がその周りにいるから存在感が大きくなる。

みちは、交換手の中で、一つの傾向を持った人達がいることに気づいていた。夜間高校に通う五、六人の人達だ。休憩時間にも無駄話はせず、本を読んだり、ノートに何かを書いたりしていた。休暇を課長に願い出るときも、取らせてくださいとお願いするのではなく、当然の権利を行使しますという自然な態度だった。仕事に対してはどうだろうかと思い出してみた。加入者に高圧的な態度はけっしてとらない。相手局の交換手と怒鳴り合うこともない。かといって、三村先生がいう不器用なほど仕事に対して真摯というのとも違う。電話交換手としての職業意識が、身についている人達という気がする。わたしの進むべき道は、これかもしれない、とみちは考えた。


土間に下りて、みちは朝食の食器を洗い始めた。父はちゃぶ台の前でタバコを吸っている。チエはすでに家を出た。友達の家に寄ってから学校に行くので早い。母は風呂を焚いた後の消し炭を、金網に並べて台所の羽目板に立て掛けていた。

「妙ちゃんいますか」洋さんの声がした。

「おや、店に出ていませんか。今朝はいつもより早く出たようですよ。あたしがはばかりに入っているとき出かけたようだから」

「それが来てないんですよ。昨日何となくいつもと違うんで、気になってたんですが」

「いつもと違うって、どんな？」

「なんて言うか、物置を整理したり、調理場を念入りに掃除したり。さっき調べてみたら、仕事着やタオルなんか妙ちゃんのものは何一つ残っていないし……」

洋さんの声が消え入りそうだ。

「また来ます」と言うと、慌てたように帰っていった。

みちは弾かれたように座敷に駆け込んだ。父はすでに仕事に取り掛かっている。妙子の物の入っているタンスを開けた。空っぽだ。冬物の入れてある押し入れも調べたが何もない。昨日の妙子の様子を思い出そうと、頭を押し入れに入れたまま考えた。

昨日、妙子は八時ごろ洋さんの店から帰ってきた。荷物といっても、いつも通り仕事着などの着替えを持ち帰っただけのような気がする。風呂に入ったあと、いつまでもごとごとやっていたが、みち自身も制服の白襟にアイロンをかけていたので気にもしなかった。ただ後ろ向きで何かをしていた妙子が、みちの方を振り向いてじっと見たので、何？　と目で問うと、これあんたにあげる、と言って紙袋を投げてよこした。

それは修理から戻ってきた絹のストッキングだった。そこまで思い出して、みちは時計を見上げた。そろそろ出勤の時間だ。台所でぐずぐずしていた母がやっと座敷に上がってきたが、そのまま父の仕事場へ入ってぼそぼそ話している。

「妙子が家出！」父の怒気を含んだ声が聞こえた。

みちは家を飛び出した。市電に乗ってからも、妙子のことを考えていた。妙子は元の勤め先のマスターと駆け落ちしたのだろうか。それにしても、荷物をどうやって運び出したんだろう。家には父も母もいる。狭い家のこと、ちょっと変わった素振りをすればすぐ見咎められる。父は昼食と三時の一服以外は仕事場に入ったままだが、母は座敷か台所にいる。台所を通らなければ外へ出られないから、母の目はごまかせない。はばかり？　さっき母は洋さんに、はばかりに入っていたとき妙子は出かけたようだと言った。母はよく便所に入った。用を足すだけでなく、隣の家を覗き見する癖があったからだ。小窓に金網が張ってあるので、先方からは見えないが、こちらからはよく見える。みちが母の覗き見に気付いたのは、母が隣の家のことを不自然なほど知っていたことからだった。妙子が荷物を持ち出すのは難しいことではなかったのだ。妙子が前に働いていた、元町の近くの昼間喫茶店で夜はバーになる店へ、近いうちに行ってみようと思った。マスターがいるかどうか知るだけでもとりあえずはいい。危うく乗り越すところで、薩摩町で市電を降りた。紫がかった赤レンガの局舎めがけて、せっせと歩いた。

みちが局から帰ると、父は不機嫌に焼酎を呷っていた。母がその前に坐っている。チエはまだ帰っていないのかカバンもない。父はみちの帰りを待ち構えていた。

「みち、おめえ、妙子の様子がおかしいってことに、感づかなかったのか。毎日一緒に寝てるってのに」

父はすでに目が据わっている。母はこれ幸いとばかりに素早くちゃぶ台を離れ、台所へ立っていった。

「あたし、何にも。昨日だっていつもと変わらなかったし、今朝はあたしが起きたときもう居なかったから」

昨夜、妙子が絹のストッキングをくれたことは黙っていた。締まり屋の妙子が、大事にしている絹のストッキングをくれるなどということは、普段ではあり得ない。たしかにあの時、どうしてくれるんだろうと思ったのに、嬉しさに紛れてしまった。

「姉ちゃんは何で家を出ちゃったのかなぁ。もし結婚したい人がいるなら、父ちゃんだって許してあげるよね」

「結婚？　そりゃおめえ、妙子は洋と一緒になるに決まってるじゃねえか」

洋さんを振って他の人と結婚したいと言っても、父がうんと言うはずがない。

「やっぱり出るしかなかったのか」みちがつぶやくと、「なにぃ」と噛み付きそうな顔で父が睨んだ。

「洋さん以外の人じゃだめだったの？」

「当たりめえよ。洋は見込みのある奴だ。横浜橋通りに、店の一軒も出せるだろうよ。そうすりゃ俺も安泰だ」

「でも姉ちゃんはそうは考えなかったんだね。本人がイヤなもんはねえ」

「なにおぅ、本人がイヤだ？　本人は俺だっ。俺がいいと思うことは妙子もいいと思うんだ」

みちは呆れてしまった。これじゃ話にならない。

チエが帰ってきたが、父が酔っ払っているので、妙子のことは後で話そうと、その場では触れなかった。

みちはチエと並べた床に入ってから、小声で妙子が家出をしたらしいと、チエに話した。

「この家も四人になったから広くなるネ。タンスももっと使えるし」

チエは驚いたようすもなく、早くもこれからの暮らし方を考えている。みちはちょっと意外だった。末っ子だから、みんなに可愛がられて甘えん坊だとばかり思っていた。

「妙子姉ちゃんがいなくなって、洋さんがっかりしてるだろうね」みちが言うと「そんなでもないんじゃない？　店で洋さんと妙子姉ちゃん、よくケンカしてたよ」

チエにそう言われると、みちにも思い当たる節がある。ケンカというより、妙子が洋さんにやたらとつんけんしていた。明日、仕事が終わったらほてい屋へ寄ってみよう。みちはそう考えながら眼を閉じた。

次の日、みちがほてい屋へ寄ると、客とのやりとりをするカウンターのカーテンが引かれていた。玄関の戸に手を掛けると開いたので、こんにちは、と声を掛けた。「はい」すぐ近くで返事がした。

「みちです」戸を開けて中へ入ると、洋さんは上がり框に腰掛けていた。

「今日はお休み？」

「いや、早じまい」洋さんは照れたように笑った。

「やっぱり一人じゃ大変なんでしょう?」

「それなりにやれば出来るんだけど、ちょっと気抜けしちゃってね」

「ごめんなさい。妙子姉ちゃんが迷惑かけて」みちは神妙な顔で頭を下げた。

「いやいや、俺に意気地が無いから、妙ちゃんに嫌われちゃった」

洋さんは分厚い背中を丸め、首だけ持ち上げて目を細めていた。見るからに脆い感じで、みちは戸惑った。また来ます、と言って洋さんの家を出た。

大岡川沿いを、黄金町から日の出町方向へ向かって歩いた。大岡川には水上ホテルが浮いていた。タルヘイ船と呼ばれているこの船は、三階式になっていて、二百人程度の収容能力があると言われている。料金の安い船底の大部屋は、浮浪者や風太郎が多く宿泊していた。以前、洋さんのかつぎ屋時代の仲間が泊まっていたことがあった。船底の大部屋だったので、糞尿や汗の臭い、ノミやシラミに悩まされて、地獄だぜ、と言っていたのを思い出した。二年前の昭和二十六年には、タルヘイ船の転覆事故があって死者まで出た。

二階、三階部分に並んでいる小さな窓を見ているうちに、そこに妙子がいるような気がして、みちは慌てて首を振り、川に背を向けると脇道へ駆け込んだ。

家に帰ると、母が電報を見せた。今朝、新宿に住んでいる長女の真紀子に、妙子が行ってないか問い合わせの電報を打ったという。真紀子からの返事は、「キテナイ」とだけあった。

母がお団子にまとめた髪をばらして、何かやっている。コテを炬燵の中の炭火に突っ込み、頃合いをみて、唾をつけた指で触れてジュッといわせた。髪の毛を少しずつ取ってはコテに挟み込み、くるくる内巻にしてしばらくおくと煙が上がった。コテから離すと髪の毛はカールしている。それを髪全体に施した。櫛でよく梳かし、形を整えてネットを被った。

「うわぁ、パーマかけたみたい。見違えちゃうよ」みちが母の周りを動き回って眺めるものだから、母は恥ずかしそうに笑った。とても四十八歳には見えない。五歳ぐらいは若く見える。

「どこかへ行くの？」

「いいや」母は父の仕事場を気にするようにチラッと見た。

日曜日で、みちもチエも家にいた。母は父の仕事場の障子をちょっと開けて、「晩はコロッケでいいかね」と訊いた。

「ああ」父の返事と同時にチエが立ち上がった。

「あたしが行くからいいよ」母がチエを抑えた。

父が仕事を仕舞う時間が迫っていたので、母がすぐ出掛けるものと思ったのに、台所でぐずぐずしている。みちが立っていって見ると、桐の木切れを焼いて作った代用の眉墨で、げじげじ眉毛をていねいに直していた。その後、コルクを焼いて粉にしたものを髪の毛の薄い部分にこすり付けて、目立たなくしている。二年前、母が洋さんの店を手伝った頃やっていた身繕いだが、それ以後見たことはなかった。いつ復活したんだろう。よそ行きにしている薄茶のカーディガンを羽織ってやっと出て行った。

たかがコロッケを買いに行くのに、ばかに大袈裟だなと思いながら、みちはぬかみその桶をかきまぜた。なすを三本引き出して、切ってどんぶりに盛った。アルミの急須に酒を入れて温めた。ちゃぶ台の上も整えたが母は帰ってこない。チエもいつの間にか出て行った。父が風呂から上がってきたので、気が揉めて、洋さんの店まで見に行った。母は割烹着姿で、調理場を片付けている。チエも何やら動き回っていた。洋さんは一仕事終えた後の活気をにじませて、上がり框に腰掛けていた。

「何やってんの？　父ちゃん風呂から上がったよっ」みちは洋さんにあいさつもしないで、咎める口調で母に言った。

「おばさん、すいません」洋さんが飛び上がった。

母は後ろ髪を引かれるような素振りで、割烹着を丸めながら辺りを見回した。

「チエ！」みちが促すと、チエは、もうちょっと、と言いながら帰ろうとしない。

家に着くと、母は素早く髪のネットを外し、いつものひっつめにしてお団子に丸めた。

「何だ、揚げ立てじゃねえのか」コロッケをほお張りながら、父が母をじろっと見た。

母は無言で、あごを引いていた。

「あたしが見に行ったら、母ちゃん材木屋のおばさんと立ち話してた」とっさに嘘が飛び出した。

「今度コロッケは横浜橋通りで買うんだな」

父の意図がわからない。

「でも洋さんの店の方が安くて大きいよ」

今度はみちが睨まれた。

新聞紙の包みを抱えて、チエが帰ってきた。

「洋さんにもらってきた」

「何してたっ」

「掃除してあげたの」

「余計なことするな。いいか、もうほてい屋には行くんじゃねえぞ」

チエは合点のいかない顔をしている。みちにもわからない。

父にほてい屋への出入りを禁じられても、母もチエもいつの間にか擦り抜けて行った。母は相変わらず、コテでの髪の手入れを怠らなかった。みちが遅い勤務を終えて帰ってきたとき、電気も点けずに風呂釜の前にしゃがんで、コテを焼いている母に出くわして、びっくりしたこともある。いつも洗濯したてのこざっぱりした服を身につけるようになった。あの鈍重だった母が、いま居たかと思うといつの間にか姿を消している。父が用事を言い付ける頃合いを見計らったように、すっと帰ってくる。

みちには気になっていることがあった。かつて妙子が勤めていたバーへ行きたいのだが、一人で行く勇気がない。近所で仲がよかった法子は、高校に進んでから付き合いがなくなったし、職場の親友の民子は、バーなどへ誘える相手ではない。やっぱり洋さんしかいない。今晩頼みに行こうと決めた。母が帰ってこないのでみちが父の晩酌の相手をしていたが、その父も寝てしまった。勉強をしていたチエに、ちょっと出かけてくると断って家を出た。

洋さんの家は電気が点いていた。玄関の戸を開けながら声をかけた。中へ入ると見慣れた下駄がある。

「どうぞ」と洋さんが言うので、障子を開けた。洋さんと向き合って母が坐っている。別に慌てたようすもなく、落ち着いたものだ。しいて母の顔を見ず、洋さんだけを見た。

「ちょっとお願いがあって来たんだけど」

「さあさ、上がって。おばさん色々すいませんでした」と洋さんが言ってるのに、母は立ち上がろうともしない。

みちは腹が立ってきた。父の酒の相手をあたしに押し付けておいて、洋さんの給仕をしてるなんて、いい気なもんだ。

「父ちゃん寝たけど、目が覚めて母ちゃんがいないとうるさいよ」暗に帰れと言ってるのに、「あのじじいは寝たら最後起きっこないよ」と帰るつもりはないらしい。

「ここでは何だから、阪東橋のたもとの喫茶店へ行こうか。俺めしもう済んだから」

洋さんが言い終わるか終わらないうちに、母が言った。

「用があるならここで言やあいいじゃないか」

聞こえない振りをして、みちは洋さんに言った。

「じゃあ、外へお願いします」

「よしきた。おばさんお世話さんでした」洋さんが立ち上がった。

「邪魔したねっ」

捨てぜりふを吐いて、母はそそくさと出ていった。

喫茶店で洋さんと向き合ったが、なんとなく照れ臭い。洋さんの方はけっこうくつろいでいる。馴染みの店の気がする。この店も夜はアルコールを出すらしい。

「一杯飲むか？」笑いながら洋さんがみちを見た。

「あたしはいいから、洋さん飲んで」

洋さんがコーヒーとビールを注文してる間、みちは店内を見回した。ジュークボックスがある。今度聴きにきてみたい。

「前に妙子姉ちゃんが勤めていたバー、知ってるでしょ。あたしを連れてってもらいたいんだけど」

「元町の？　何しに行くの」

「姉ちゃんの手掛かりがつかめないかと思って」

洋さんは肩の力を抜いて、椅子の背もたれへ寄りかかった。

「マスターならいなかったよ」

「やっぱり」みちも背もたれに寄りかかった。

「もう妙ちゃんのことはそっとしておこう。考えた末のことだろうから」

「うん、そうだね」

そうなのだ。洋さんには悪いが、働いても働いても父に搾り取られ、物見高い長屋の連中に囲まれた、この路地から脱出するのは妙子の長年の夢だったのだから。

注文したコーヒーとビールがきた。

洋さんに促されてコーヒーカップを口元まで近づけたとき、その香りに胸がぐーっと開いた感じがした。コーヒーを飲むのはこれで二度めだ。初めてのコーヒーは三村奈津子に誘われた。間口の狭い、蔦で覆われた店で、低く音楽が流れていた。静かすぎて、かえって落ち着かなかった。

もう一つ洋さんに訊きたいことが残っていた。

「母やチエがよくほてい屋に行くでしょう。迷惑かけてるんじゃない？」

「ああ、そのこと。俺は助かってるんだけど、おばさんのこと近所でひどいこと言ってるらしいんだよ」

「ほんと？　どんなこと？」

洋さんはちょっとためらったが、みちの眼を見たまま言った。

「家具屋のおっかあが色狂いしたって」

「そんなの、嘘でしょう」みちは抗議するような口調で言った。

「そりゃあ、おばさんはそんなつもりじゃないさ」

「じゃあどうして、母に来ないでくれって言ってくれないの」

みちは父がほてい屋への出入りを禁じた意味が分かった気がした。

「おばさんやチエちゃんが何かと手伝ってくれたから、やってこられたんだ。だけどこれ以上迷惑かけるわけにはいかないよな」

ほてい屋が開店したとき、洋さんに頼まれて母が手伝った。それまでがあまりにむさ苦しかったので、いくらこざっぱりしても、あんな汚い人が作ってるんじゃと言って長屋の連中は買いに来なかった。そのことを母には知らさず、妙子が勤めを辞めて、ほてい屋で働くことで収まった。今度は母を色気違いとして嗤っているのだ。

「おばさんが近所からとやかく言われるのは、いつも俺の店が絡んでいるからな。申し訳ないと思ってるんだ」

「だってそれは、洋さんが母さんのことを認めてくれてるからじゃない。もし洋さんが世間と同じだったら、母さんは家に閉じこもりっきりだったんだもの」

母にとっては、悔しい思いをしたかもしれないが、生き生きと過ごすチャンスでもあったのだ。

店に一時間位いたので、もう九時を回っていた。洋さんと別れて、家の方を見ると、玄関の前に大男が立っている。眼を凝らして近づくと、父だった。みちに先を歩けとばかりに小突いた。

台所から入ると、父は上がり框にどかっと腰を下ろした。みちは立ったままだ。母も脇に立っている。チエが寝ているので、台所で話をつけようということらしい。

「おめえ、洋と酒を飲みに行ってたんだってな」

「そんな」みちは母を見た。

母がしらばくれて、流しの前に移った。

「お酒じゃないよ。喫茶店」

「何しに行った」

「洋さんにちょっと訊きたいことがあったから」

「何をだ」

「姉ちゃんのこと。出て行く前のようすだとか、これからどうするつもりなのかとか」

「そんなこと夜こそこそ話さなくたって、いつでもできるじゃねえか」

「……」

妙子の元いた店のマスターのことや、母の素行を話したら、また騒動が大きくなる。

母の告げ口は悔しいが、今晩のところは黙っていようとこらえた。

「おめえ、洋をどうしようてんだ。何かんげえてんだ」

「あたしのことそう思ってるの。洋さんをたぶらかしてるって、そう思ってるの？」

みちの声は震えた。

「もういい。妙子が戻りにくくなるようなことはさせねえ」

戻ってくるわけないじゃない。好きな人と一緒なんだからと、みちは腹の中で思った。

そんなことがあったのに、次の日、母がいつものいでたちで出掛けようとした。

「母ちゃん、行くのよした方がいいよ」

いくらなんでも、と呆れながらみちが止めた。

「何だよっ」

「近所じゃ母ちゃんのこと、色仕掛けで洋さんのとこへ押しかけてるって、言ってるらしいよ」

「馬鹿なっ」

「ねえ、笑っちゃうよね」

「何っ！」すごい見幕だ。

「母ちゃんがそんな気だとは思ってないよ。でも、余計なことすれば結局は洋さんに迷惑がかかるんだから」

「ほう、おまえもずいぶん偉くなったもんだね。でも心配しなくていいよ。母ちゃんだって近所がどう言ってるかぐらい分かってるさ」

「知ってたの？」

「だから余計やるんじゃないか。近所のやつらは、あたしを乞食みたいにコケにしやがって、いつだってそうなんだ」母は憎々しそうに口を歪めた。

母は長屋の連中をこれだけ憎んでいるのだから、逆には、そんな自分に開店のとき、店を手伝ってくれと頼んできた洋さんを、どれほど好もしく思っているかしれないのだ。それにしても、実の子でも恥ずかしいと思ったほど汚い母を、洋さんはなぜこだわらなかったのか。いまだに不思議だ。

「父ちゃんに見つからないように、気をつけてね」

母は父の仕事場をチラッと見やり、大きな息を一つ吐いて出て行った。

第三章　十七歳の日々

表通りから家のある路地へ踏み込んだとき、みちは棒立ちになった。最初に目に入ったのは、体格のいい男を、ころっとした小さい女が見上げながら笑っているシルエットだった。それが洋さんと母だと分かったとき、動悸が激しくなった。

二人はみちの家の横を通り過ぎようとしている。咄嗟にみちは走りだした。父の仕事場の戸口の前に立ち塞がった。もし父が外へ出て来たら時間稼ぎをしようと思ったからだ。みちの前に、洋さんと母は差しかかった。母はみちを完全に無視した。洋さんはよう、という目で一瞬みちを見たがすぐ母の方へ首を傾げた。それにしても大胆すぎはしないか。どうなっているのだろう、あの二人。

二人は路地から電車通りを突っ切り、さらにその先の、銭湯のある通りへ向かった。みちは二人の後ろ姿から視線を外すことができず、いつまでもぼんやり見ていた。

みちの家では、三畳と六畳の座敷のうち、三畳間は父と母の寝間で、六畳間が茶の間であり娘たちの寝場所になっている。まだ姉の真紀子や妙子がいたころ、家族六人が揃うとちゃぶ台が狭すぎた。母はちゃぶ台からひいて坐り、佃煮や醤油をたっぷりかけた漬物を手元に置いてごはんを食べた。娘たちがおかずを食べるようにいくら言っても、頷くだけで手を出さない。娘たちが食べ終えてちゃぶ台を離れても、母はちゃぶ台に近づかない。母のために別に取り分けておいたおかずにも箸をつけない。みちはそんな母を見ながら、もしかしたらちゃぶ台に出す前に、おかずを自分の口へ入れているのではないか、と思ったこともある。水臭いひとだなと思う。母が子供のころは、父親が厳しくて、いつ箸箱で頭を叩かれるかもしれず、ごはんだけをかっ込んだという話をよく聞かされた。その後の奉公暮らしでも、食べることはままならなかったのかもしれない。それにしたって、自分の家庭をもったのだから、もっと楽にすればいいのにとみちは不思議でならなかった。

その母が、妙子が家を出た後、態度が大分変わった。おかずも自分の分は多めに確保するし、みちやチエをこき使う。あれほど父の目を盗むようにして出掛けていたほてい屋へもかなり大胆に出ていく。

その日みちは宿明けだったから、午前十時ごろ家に帰ってきた。眠くはないが体を休めなければと、のろのろ支度に取りかかった。秋も深まったとはいえ、今日は穏やかな陽気だ。ごろ寝でも大丈夫だろうと、毛布を二つに折ってその間に横になった。父の仕事場の障子が開いていたので、みちは見るともなく父の姿を目で追った。半袖シャツに半ズボン、でも腹には毛糸の腹巻きをしている。両手にペッ、ペッと唾を吹きかけ、キリをもんでいる。みちは父のこの姿は威勢がいいので好きだ。ノコギリの音やカンナを滑らせる軽い音などが聞こえていたが、もう父の姿は見ていなかった。

恋人がほしい。すてきな洋服が着たい。最近こんな思いが突然みちを襲うことがある。今もけだるく横になっている無防備なみちを直撃した。下腹部が熱を帯び、乳房が膨張していく感じだ。みちは慌てて、何回も寝返りを打った。交差させた両腕で胸を圧迫し続けた。その厄介な衝動をねじ伏せようともがいた。三村先生は美しい服も着ないし、男に見向きもしない。それでも清々しく知的な魅力にあふれている。それを目指すことに何の不足があるというのだ。第一お前なんか痩せっぽちで、長くてヘンな顔をしてて、女の魅力なんてないじゃないか。それにひきかえ、知的世界には切り拓いていける可能性がある。そうなんだと、思わず買っただけで読まずに積んであった哲学の本に手を伸ばした。しかし、開いたページの活字は視線の先を舞うだけで、意味を持った言葉としてみちの中に入ってはこなかった。

跳ね起きて、外を一回りしてこようと、着替えた。

台所でごとごとと母の気配がしていたと思ったら、引き戸が閉まった。急にみちもほてい屋へ行ってみようと思い立った。

ほてい屋のガラス戸に手を掛けて引こうとしたとき、いきなり弾けるような洋さんの笑い声がした。

「それはだめだ、だめだ、おばさん！」

「だめかねぇ」

きまり悪そうな、だが晴れやかな母の笑い声もする。初めて聞く媚びを含んだ笑い方だ。いま母は何をしているんだろう。覗いてみたい。裸になったのなら、洋さんがあんなふうに笑うはずがない。母が妙子の胸の大きく開いた派手なブラウスを着て、口紅を真っ赤にひいたグロテスクな姿が思い浮かんだ。みちは気分が悪くなってほてい屋を離れた。結局、洋さんには声をかけずに帰ってきた。よく分からないがあの二人、妙に気が合っている。母と子というのとも違うし、男と女というのでもない。それでも何か絆のようなものがみちには感じられる。

父や娘たちがいくら言っても耳を貸さず、長年にわたり母はむさ苦しい格好をしていた。父はよく、かかあがこ汚いなりしてるのを俺のせいみてえに言われちゃ間尺に合わねえ、とぼやいていた。最近ほてい屋へ通うようになって、めきめき綺麗になっていく母を父はどう思っているのか。

母と競うようにしてほてい屋へ通っていたチエが、このところ行ってる様子がない。みちは学校から帰ったばかりのチエを誘い、路地から川沿いへ出た。橋の中程に来て立ち止まった。吉田川に掛かる阪東橋は、かつて、母が競輪に狂い、父の仕事の仕入金まで使ってしまったとき、その善後策のため姉たちと密談を重ねた場所だ。橋の欄干に腕を預けて、川の水に見入ったり、その先に連なっている横浜橋や長島橋を眺めたりしながら話をした。

「チエ、このごろ洋さんとこ行かないの」

「うん。母ちゃんが手伝えば足りてるしね」

「母ちゃんと洋さん仲良さそうだね」

チエはやっぱりそのことか、と言いたげな顔でみちをちらっと見た。

「でもへんなことは全然してないよ。近所でごちゃごちゃ言われてるから、洋さんがそんなに珍しいなら見てもらおうって、二人で近所を散歩してるんだよ」

「でもあの母ちゃんがよく承知したね。近所の人みんな見てるでしょう」

「最初は嫌がっていたけど、あの女の人が来るようになってから変わったの。学校の前の床屋のお姉さん、出戻ってきたんだって。コロッケ買うわけでもないのに、洋さんのとこへ入り浸ってね。どんどんカウンター潜って入って来ちゃうらしいんだよ。それから母ちゃんその気になったんだ」

その話をみちは知らなかった。そういうことなら父の思惑がみちには推察できる。父はまだ、妙子が帰ってきて洋さんと夫婦になることを望んでいる。洋さんに変な女が付きでもしたら、妙子が戻れなくなると心配しているのだ。だから、近所に何と言われようと、母がほてい屋に出入りすることを見て見ぬふりをしていたのだろう。

一週間位前、父は生麦で妙子を見かけたという噂を聞きこんできて、夕方出かけた。ちょっとまとまった金を持って行ったようだった。みちの推測では、飲み屋街など女が手っ取り早く働ける場所を回ったのではないかと思う。帰ってきてもくわしい話もせず、ただ首を横に一往復振っただけだった。

「妙子姉ちゃん、どこに居るのかなあ」

妙子がマスターと一緒に居るのならしあわせなはずなのに、みちには寂しそうな妙子の顔が浮かんでしまう。妙子が家出をした直後、大岡川に浮かぶタルへイ船と呼ばれる水上ホテルを見て、妙子がそこに居ると感じてしまって以来、ずっと引きずっている感覚だった。
みちが黙り込んだので、チエがもぞもぞ体を動かし、帰りたげな様子を見せた。

電話局でのみちの仕事は、電話交換手の他に、交換室内の事務も時々やるようになった。直角に交換台が並ぶその角にみちの机が置かれている。そこは出入り口の前でもあった。机に坐ったまま身を乗り出せば、どちら側の交換台も見通せた。課長の次に権限を持っている運用主任の高松が、みちに仕事の指示をした。高松主任は姿勢のいい堂々とした体格の持ち主で、きりっとした顔立ちをしている。将棋の名人が駒を指すように、担当板に交換手の名札をパチンパチンと掛けて配置を決めていくのも高松主任である。みちの仕事は主に統計的な一覧表を作ったり、高松主任が書き飛ばした文書を清書することだったが、同じ交換室内にある小谷民子が属する記録案内課の仕事もした。記録案内課に設置されている加入者の台帳の訂正である。加入者から番号調べの依頼があったとき、その台帳によって行っているので、台帳は常にその場になければならない。そこで台帳の訂正はみちの方から出向いて、その場で行う。小谷民子がいれば肩を叩いたり、合図をしたりする。さりげなく言葉を交わすこともできる。今までにない広がりだ。

一日のうちでも通話が輻輳してくると、電話交換手として交換台に着いて通話を捌き、通話が空いてくると机に戻って事務を執った。

交換手たちは休憩に行くときも、休憩から戻ったときも、興味津々らしくいちいちみちの机を覗いて通る。高松主任はみちのことを、山下みちは小生意気で言うことがいちいち癇にさわると言ってるそうだ。その下にいる座席主任たちも同じらしい。だから高松主任から、簡単な事務もやってくださいと告げられたとき、みちは腑に落ちなかった。

もしかしたら抜擢か、と思ったが、こう出入りのたびに覗きこまれながら仕事をしていると、見せしめだろうかとも考えた。抜擢にしろ見せしめにしろ、みちは事務の仕事がおもしろくて熱中した。

電話交換と事務の二股をかけた仕事にも慣れたある午後、高松主任が仲のいい座席主任のボスと交換室に戻ってきた。みちの机に近づき「食堂でお茶を飲んでいらっしゃい。分かるようになってるから」とささやいた。みちはすぐ食堂へ行った。食堂のおばさんが指さす目立たないところにあるテーブルに、餅菓子が二個とお茶が置いてあった。昼食以外に食堂でお茶を飲む贅沢をしたことがなかったみちは、駆け寄るのではなく、なぜかテーブルへ忍び足で近づいた。

みちは変化がある分猛烈に忙しくなった仕事を、愚痴一つ言わずに黙々とやった。それでもやはり小生意気と言われ続けた。

この十月に、みちの課の課長が替わった。みちが昭和二十七年四月に入局してから一年半が経っていた。課長はギョロ目で唇の厚い迫力のある顔をしていた。その課長がみちに初めて仕事をいいつけた時の言葉が「このど天辺にこれを書き入れて」だった。みちは課長の顔と言葉だけだったら、男と錯覚したかもしれないが、和服姿だったので女性ということがすんなり入ってきた。

みちは新しい課長を二カ月間観察してきて、言葉はきついが太っ腹で情のある人ではないかと感じるようになった。そこで、宿願である定時制高校入学を認めてもらおうと、その機会を伺っていた。窓際の見通しのいい場所にある課長席は目立つ。交換室がざわついてかえって人目につきにくい月曜日を選んだ。みちの机からよく見える課長の仕事の進み具合を測りながら、区切りとみて課長席に近づいた。

「お願いがあるのですが」恐る恐るきりだした。

課長はほう、言ってみなという目でみちを促した。定時制高校は認められていないのは分かっているが、ずっと行きたいと思っていたので、何とか認めていただけないかと頼んだ。

無理だね、という言葉が出てくるものと思いつつ、うつむいて待った。

「仕事の他に夜学校に通うのは大変なことだよ」課長は腹の中まで確かめるような鋭い目でみちを見てから言葉を継いだ。

「定時制高校に通っている人の中から結核にやられたのが何人か出てね、もう認めないってことになった訳だから」、その後声を低めて「大っぴらにはできないけど、私は見ないことにしましょう」と言った。特別扱いはしないので、勤務は変更しませんよと釘も刺された。ということは、週二回、宿直と夜勤の日は学校を休まなければならないということだった。

前の課長から定時制高校入学は許可できないとはっきり申し渡されていたので、ほとんどあきらめかけていた。課長が替わり、自分は見ないことにするから、勝手におやんなさいと背中を押されたのだ。みちは自席に戻り、エンピツを握りしめたまましばらく放心していた。気持ちを切り替えるためトイレに立った。個室でラクにしていたら、嬉しさがじわじわと湧いてきた。

お話したいことがあるので会っていただきたい、と即時課の三村奈津子に電話をした。指定されたのは、羽衣町の市電通りに面した寿司屋だった。みちは喫茶店を予想していたので意外だったが、内心は初めて寿司屋に入ることが晴れがましかった。店内は、右側にカウンター席が並び、左側の細長い座敷にはテーブルが三卓あった。その間は衝立で仕切られている。五時半と、時間が早いせいか客はおらず、一番奥のテーブルに三村奈津子がこちらを見て笑っている。

ご無沙汰してだの、お忙しいのに時間を作っていただいてだのとみちが口ごもりながら挨拶をしていると、三村奈津子が遮った。

「そういうことは、あなたの顔を一目見れば分かりますよ。ところで何かいいことがあったんですか」

「はいっ。いいえ、あのー、岡田課長が定時制高校へ行くことを認めてくださったんです」みちは課長の言葉も交えて経過を話した。

三村奈津子はちょっと複雑な笑顔で、それはよかった、と言った。

「私は自分が独学のせいか、必ずしも学校へ行かなければ学問ができないとは思っていません。でもあなたが夜学で学ぶことを選んだのはよかったと思いますよ。仲間がたくさんいる中で学べるんですものね」

みちの来る前に注文してあったのか、二人の前にそれぞれ寿司の飯台が置かれた。三村奈津子は生き生きした目で寿司を見て、さあ食べましょう、食べましょうとみちを促した。あまりに嬉しそうな顔なので、何だか子供みたい、と思いながらみちも同じような顔になっていた。

世の中にはこんな美味しいものがあったんだなあと幸せな気分に浸っていたのに、いきなりみちの口から出てきた言葉は、みち自身を当惑させた。

「先生、男の人と交際したことありますか」

「ええ。ありますよ。もっとも十年以上も前のことですけどね」三村奈津子はちょっと恥じらいを含んだ笑顔で答えた。

「男の人との交際で、女の人とは決定的に違うものがあるんですか？　精神的な意味ですけど」最後の方を言いながらみちは顔を赤らめた。

「男の人との交際を経験しなければ、女性は偏ってしまうのかということ？」

「はい」

「男の人との交際はあらゆる面で女性を豊かにしてくれるとは思いますけど、その道を選ばなくても生きていかれます。ものの見方や考え方の基本は、男も女も同じですから」

「じゃあ先生は男性には一切関わらないおつもりなんですか」

「個人的にはね」

「自分の中の男性は強くなりますよね」

「え？」

「拒否する分、自分の中にそれと同じようなものを築かなければいけないでしょう」

三村奈津子はちょっと困った、といったようすで苦笑した。

「抽象的なことを上っ面だけ話していても空回りしちゃうから、今日のところはこの辺までにしましょうか」

「空回り……」みちはきょとんとした顔でつぶやいた。

「山下さん、あなたの率直なものの言い方は、やっぱり間がなさすぎますね。でも私は嫌いじゃないけど」いたずらっぽく笑った。

三村奈津子は気持ちを切り替えたような表情になった。

「ところで、小谷さんお元気？　交換室が違うと会わないものね」

「ええ、相変わらず仕事も洋裁も張り切ってやっています。それに恋人もできたらしいです」

民子と並んでジャックの塔を見ていた時、民子が照れながらどさくさに紛れたように小声で口早に言った。「わたし恋人ができたの」その時のことが瞬時に蘇った。時々、組合からオルグに来る男性とのことだった。

「これからはなかなか会えなくなるでしょうから、学校が始まる前に、また小谷さんと家に遊びにいらっしゃい」三村奈津子は親しみを込めた笑顔で言った。

この人に何があって、現在のような生き方をするようになったのか、お宅にまで伺いながら何も知り得ていない、とみちは改めて思った。


年が明けた。

まだ入学試験も受けていないのに、小谷民子から定時制高校入学のお祝いだといって、民子が仕立てたブラウスを贈られた。ピンク地にグレーの小さな花柄の、思いがけないものだった。

きっと山ちゃんに似合うと思う、と言ったときの確信に満ちた民子の顔が浮かぶ。民子に見透かされているような恥ずかしさを感じた。みちが着てみたいと思っていたのは、こんな感じの服だったのだ。ためらいがちにそれを着た。顔の表情が柔らかくなり、とんがっていた印象が無くなった。みちは嬉しいような、残念なような思いに揺れた。外見的なことで、こんなに簡単に自分が変わっていいのか。

山下みちは小生意気、というささやきが聞こえた気がした。そうか、素直でないこういうのを指してひとは言うのかもしれない、妙に納得するのだった。


二月の入学試験に無事合格し、昭和二十九年四月、みちはM高校に入学した。校舎は中華街の入り口にあった。局舎から薩摩町を中華街へ斜めに抜けると、歩いて六、七分という近さだった。

入学式の日、みちは古着屋で買って気に入っている玉虫色のジャケットに、民子から贈られたブラウスを組み合わせて着た。入学式までに何回か訪れてはいたが、いよいよここで学ぶんだとの思いから、校舎を一回りした。割れたままになっている窓ガラスが目立った。春なのに薄ら寒い気分になって、入学式の行われる講堂へ急いだ。

二年遅れで入学したことに肩身の狭さを感じていたみちは、講堂に集まっている人達を見て目を見張った。みちより年上に見える人がけっこういる。社会に出て働いている人達だから物おじもしない。教師もその中に入ってしまえば見分けがつかない。中学を卒業してブランクのない生徒もいるのだがほとんど目立たない。来賓として卒業生が壇上の椅子に坐っているが、不敵な笑みを浮かべて新入生を睥睨している。おまえら覚悟しろよ、四年間はなげえぞー、とでも言いたいのかな、とみちは想像した。面白そうな学校だなと感じ、意欲がわいてきた。

みちのクラスは二階にあった。昇降口を入った二階への階段の壁に黒板がかかっている。文芸部管理のもので、毎日詩が書かれていた。「夜学生のうた」「遅刻のうた」「時間が私の背をたたく」「みどりのひろばに柵はない」など先生や生徒の詩であったり、金子光晴や立原道造など詩人の詩であったりする。みちは毎日、ゆっくり詩を読んでから教室へ向かった。

そして文芸部に入部した。入部したものの、たいして本も読んでいないし、文章も書いていない自分が恥ずかしかった。ただ詩の書かれた黒板に誘われて、何となく入部してしまったのだ。

初めて部会に参加した。悩みを抱えた人のように陰気に眉をひそめて、みちは部室に入った。文学とはそうしたものだと思っていた。その日集まったのは十六、七人で、そのうち四割位が女子だった。みんな利口そうで、いっぱしの作家や詩人のように堂々としている。やはり場違いの所へきてしまったと居心地が悪かった。それに眉をひそめているのも顔がかったるくてもう限界だった。そろそろ部室を出ようと腰を浮かし始めたとき、顧問の武藤研一が挨拶を始めた。一見青白きインテリ風だが眼光鋭く、朗々とした声に引き込まれた。

武藤は挨拶の後こう続けた。「だれにだって、書きたいことの一つや二つはあるはずだ。それを思ったまま書けばいい。べつに上手に書こうとする必要はない。ぼくらにしか書けないことを書けばいいんだ」

みちは、そんなことでいいのか、だったらわたしにも書きたいことはある、とワクワクしてきた。それまで深刻そうな顔付きをしていたのも忘れ、生き生きとしたようすで話に聞き入った。

全体の話し合いになった。司会は部長の木内純江だ。彫りの深い顔立ちだが包み込むような暖かさがあった。

パーマをかけ、化粧をした美人の生徒が手を挙げた。「今後の部会の進め方について提案します」と言って意見を述べ始めた。

こういうことは、その後の学園生活では日常茶飯事だったが、そのときのみちには目の覚めるような新鮮さであった。

文芸部顧問の武藤研一の言葉に触発されたみちは、職場の女性像を原稿用紙十枚に書き上げて、武藤に見せた。武藤はみちの文章について、「漢文の教科書から抜け出たような文章」だと言い、これでは一般的な女はこういうものだと言っていることでしかない。君が接している中で具体的につかむことのできた女を書かなければ駄目なんだと言った。みちの書いたその文章はこんな調子で延々と続いていた。

非常に感情的だということも彼女たちの特徴の一つである。どのような場合にも、自己の感情を制御することをせず、むしろ感情のおもむくままに任せるのが正直であり偽善的行為からまぬがれる手段の如く考えている。環境に訳なく順応する傾向をもちながら、仲間を除く他に対しては排他的であり、反発的である。

しかし仲間同士間の感情的つながりは、綿密かつデリケートであるが、微々たる感情の縺れも、その結び付きを破綻に陥れる端緒となり得るという危険性の上に立っている。

何回書き直しても、もっと具体的に、と武藤は言った。ときにはみちを覗き込むように見て、彼女たちと君は書いているがそんなにみんな同じなのか？　とぼけたような抑揚で質問された。これは書き直してもだめだ。具体的にということは違う書き方でなければ書けないということだ、とやっとみちは悟った。その最初の原稿は見るのも嫌になった。違うものをと言われ、何を書いても山下らしさが出ていないと言われ続けた。話をしていればこんなに山下らしいのにとも言われた。みちが何げなく話したことでも、深く頷いて「君、それ書けよ」と武藤は言った。

みちはこりずに原稿を持っては、職員室の武藤の席へ向かった。原稿を返してくれるとき、鋭く突っ込んだ質問を受けることはあっても、具体的な指摘はなく、どんどん書けよ、と言うだけだった。けれども、武藤の質問によって、自分の原稿に不足している部分を少し感じ取れるようになった。そしていつの間にか、漢字の少ない平易な文章になっていたのである。漢字が少なくなったら、中身も薄くなった気がする、などと武藤に言われた。

仕事をしながら、夜の学校へ通う生活も、三カ月を過ぎて大分慣れてきた。その日は午後三時で勤務が終わった。時間に余裕があったので、学校の並びにある中華料理店に入って、三十円のラーメンを注文した。皆が第二分教場と呼ぶこの店は、本格的な中華料理店なのだが、M高校の生徒で賑わっていた。店主が夜学生に理解があり、ラーメン一杯で何時間いてもうるさいことは一切言わなかったからだ。

食べ終わった後、学校の図書室へ来た。考えをまとめたいことがあった。寝ても覚めてもそのことが頭の隅を占めていた。文芸部に入るまで考えたこともない悩みだった。それは、何を書いたらいいのか、ということだった。職場のことはしばらくよそう。家族のこと？　いまさら。いや待てよ。母のことを書いたらどうだろうか。いま起きている、まさに進行中のことを。

一番の謎は、母と洋さんがなぜ、これ見よがしに世間に身を晒しているのかということだ。わたしたち二人は、みなさんが想像するような、やましいことはしていません、と言いたいのか。それとも、わたしたちはみなさんが考えているような仲ではないけれど、このままの関係を続けます、と開き直っているのか。出戻ったという床屋の娘が、洋さんに言い寄ったからといって、なぜ母が逆上しなければならないのか。いや、洋さんがなぜあいまいな態度をとっているのかだ。

こう考えてきて、みちはひどく気が重くなった。小娘のわたしが、母親や、苦労して世間を渡ってきた洋さんに向かって、こんなことを訊けるわけがない。直接訊かないで、自分の目で観察して書くには、足しげくほてい屋へ通わなくてはならない。ただでさえ狭い所で二人がしのぎを削っているのに、わたしまで出入りするのは不自然すぎる。

この問題はどうしても分かりたいことなので、じっくり時間をかけて追っていこう、と心に決めた。

でも、これまでにも、母と娘の確執ならある。母という人間を客観的に書いてみたい。これはかなり大きなテーマなので、いきなりは無理だ。母についてのデッサンを続けてみよう、という結論に達した。

時間になったので、みちは教室へ向かった。第一校時は現代国語だ。担当教師は、文芸部顧問の武藤研一。

みちははやる気持ちを抑えるため、立ち止まって、詩の掲示板を熱心に見ていた。武藤研一の授業は生徒に人気があった。声が力強いのと話し方にメリハリがあるのとで講義に集中できたからだ。

その日の授業が終わった後、部室に寄らなかったので午後九時半には家に着いた。原稿は局では一切書かなかった。学科の勉強だけを、昼休みや休憩時間の寸暇を惜しんでやった。家で書くのは原稿だった。父の作った和机でこつこつ書いた。書いたものは、これもやはり父の作った引き出しへ入れた。上三段をチエが使い、下三段をみちが使っていた。父はすでに寝ている。母は風呂場に気配はあるが、物音がしない。糠袋で肌をていねいに磨いているのだろう。もともと肌は綺麗なひとなのだから、そんなことしないで、体を休めればいいのにとみちは思う。やっかむ気持ちが混じっていることにみち自身は気づいていない。

三日ほど前に母の顔のことを書いた。一番下の引き出しにしまってある。それはこんなふうに書いてあった。

母は小さい体に、有り合わせのものを、なんでもかんでも着込んでしまったように、ぶくぶく膨れていた。幅広の顔のひとつひとつの造作が、どれもこれも、大きいということをアッピールしているような印象だった。鼻は幅も厚みもあるのだが、先だけつまんだようにとがっている。それを支えるように安定のある唇。たるんだ二重の上瞼がかぶさっている眠ったような目。顔全体がたるんだ感じだが、頬からこめかみにかけての筋肉がピンと張っている。

最近の母はこんな感じではないが、一年前まではそうだった。それまでの母を書いてから見事に変わった母に迫りたい。

夢中で続きを書いていたら、ふわっと手元が暗くなった。

「あたしの顔はそんなに化け物みたいかねぇ」

振り向くといつの間にか風呂から上がった母が後ろに立っていた。全裸だった。みちは返事もできず、母の裸を見上げていた。

「いずれ体のことも書くんだろう」

母は体操でもするように、両手をひろげて胸を突き出したり、腰を捻ったりした。ここぞとひとのものを読まないで！　と怒ろうとするのだが、みちはすっかり母の毒気に当てられてしまった。母を振り切るように体を机に戻した。
この家に原稿の安全な隠し場所はあるだろうかと、机を見続けた。

第四章　夜の地図

突然、電気が消えた。いきなり寸前までの気持ちを断ち切られたような哀しい思いが胸をかすめた。教室の割れた窓ガラス越しに、黒い川が見えた。時々ある停電だった。授業が嫌なわけではないが、しばらく消えたままでいてほしい気持ちもある。川を見ていたら空腹感に襲われた。

見えている黒い川は野毛の方まで繋がっている。野毛の闇市はみちの原点だった。九歳の時、憑かれたように家から片道小一時間歩いて野毛の闇市へ通った。お金を持っていないから買う楽しみはない。ひたすら闇市をほっつき歩き、人が買って食べているのを見ながら、自分も食べているように想像していた。そうすれば空腹がまぎれるというわけではなく、叫びだしたいような、泣きたいような波に飲み込まれる。それを繰り返していると空腹感は気にならなくなる。精も根も尽き果てたということだったのかもしれない。

放課後、文芸部の部室にも寄らず、部員と野毛へも繰り出さなかったので、九時ごろ浦舟町の電停に着いた。電車道を小学校に沿って右へ曲がると正門前に出る。道路を挟んだ前に床屋がある。その脇の路地を入って一分も歩けばみちの家だ。床屋は店の電気も消え、白いカーテンも閉まっている。

「床屋の娘がね、どこからか男をくわえ込んできたらしいよ」と一年位前に母がみちに言ったとき、なんていやらしい言い方をするのだろうと嫌な気がしたものだ。その男と所帯を持ったと聞いていたが、どうやら出戻ってきたらしい。そして洋さんにモーションをかけていると言うのだ。母はその娘から洋さんを守ろうとしているのか、自分を守ろうとしているのかは分からないが、なにしろここの娘を目の敵にしている。家の中からその敵の声がかなりはっきりと響いてきた。男っぽい乾いた声だ。通り過ぎて、洋さんの店、ほてい屋の前に来た。九時を過ぎているから店が暗いのは当然だが部屋の方も真っ暗だ。洋さんはもう寝てしまったのか、それとも出掛けているのだろうか。寄って世間話をしたかった。自分が望めばいつでも洋さんは応じてくれるものと思い込んでいた。みちが近づけない洋さんの世界など考えたこともなかった。当てが外れたような中途半端な気持ちで、すでに見えている自分の家に向かった。

父の仕事場と三畳の寝間は暗い。みちは電気の消えている台所から入り、板の間の上がりはなへ足を掛けたとき、暗い台所の隅で物音がしたように感じた。念のためとまた土間へ下りて電灯のスイッチをひねった。風呂釜の前の木切れを積み重ねた所に母が坐っていた。

「どうしたの？　電気も点けないで」不審気にみちが訊くと「風呂が冷めちゃったから燃そうと思ってね、うたた寝しちまったらしいよ」と母が答えた。

「いくら夏だからってこんな所で寝たら風邪ひくよ」

うたた寝から覚めた顔付きというより、考え事をしていたといった感じがした。床屋の娘も母も自分の家にいるのに、洋さんが家に居ないらしいことがみちには引っ掛かっていた。

みちは座敷に入り、自分の座り机の上にカバンを置いた。もう見られて困る原稿は入れてないが、無意識に引き出しを開けた。人の手の入った形跡があった。おあいにくさま、と両肩をすくめた。

ちょっと母が気になったのでみちは台所へ引き返した。

「何か心配事でもあるの？」

「いいや」

「今でも洋さんと散歩してる？」

「もう何カ月も前からしてないよ。世間が飽きちゃうとこっちも張り合いがなくなるし、洋さんにいつまでも気を遣わせるのも気の毒だしねぇ」

「早く洋さんにいい人が見つかればいいのにね。母さんもそう思うでしょ」

「ああ、そうだね。でもなかなかいないもんだよ」

母は確信ありげに言った。

「でもけっこう、わたしたちの知らないところで、いい人と付き合っているのかもしれないよ」

みちは洋さんの家が暗かったことを思い浮かべながら言った。

「そんなはずあるもんか」母はむきになった。

「やだ、母さん。洋さんは男だよお。外でどんな付き合いがあるか分からないじゃない」

それには答えず、母はみちが生まれて間もなく死んだ兄の話を突然始めた。三村先生のお宅へ伺った時に、ふと思い出したあの兄の話だ。姉たちからは何度か聞かされていた。でも母自身の口からは初めて聞く気がしてみちはちょっと戸惑った。

浅草に住んでいたころのことだけどね。父ちゃんはあの通りの飲んだくれで、家にお金を入れてくれないから、あたしは近所の使い走りや普段着の仕立て直しなどのわずかな稼ぎでやりくりしていたんだよ。信夫は初めての男の子で可愛くてしょうがなかった。だけど信夫は生まれた時から体が弱くて、二歳を過ぎても寝かせたままのことが多かった。おまえは生まれて一年も経たなかったけど、ほとんど真紀子が面倒を見てくれていたよ。

あの日も信夫は朝から熱が高かったので、あたしは家を空けたくなかったけど、前から大家さんとこのふとんの綿入れを頼まれていたので仕方がなかった。それで父ちゃんに時々様子をみてやってくれるように頼んで家を出たんだよ。

昼ごろ、真紀子があたしを呼びにきて、信ちゃんが死にそうだよ！　と言ったとき、あたしは夢中で駆け出していた。家に駆け込むと、信夫の顔に手ぬぐいが掛けてあるじゃないか。間に合わなかったかと腰が抜けて立っていられなかった。這いずるように信夫のそばまでいった。そっと手ぬぐいをめくると、信夫はまだかすかに息をしていた。父ちゃんになんてことをしたんだと詰め寄ると、どうせ助かりっこねえ。藪医者もきちゃあくれねえし、諦めるんだな、と仕事の手も止めないで言うじゃないか。近くの医者は払いを滞らせていたので、頼んでも薬さえ出してくれなかった。

その晩、信夫は死んだ。

あたしは父ちゃんを殺してしまいたいほど憎んだ。それからは信夫のことばかり想って日を送っていたんだよ。

母は話しながら涙を零している。みちは今まで母の涙を見たことがなかった。その話を姉たちから何度も聞いていたが、でも自分の兄の話という実感はやはりわかない。いくら男の子を亡くしたのが哀しいからって、ほかの四人の女の子に愛情が持てないというのも極端すぎはしないか。これは何かにつけてみちが母に持つ違和感だった。

「信夫を可愛いと思った以外に、男を可愛いと思ったのは洋さんだけさ」

またもや突然、話が切り替わったのでみちはどぎまぎした。母の話を聞いていてちょっと重い気分になっていたので、それを吹き飛ばそうと、はすっぱに言った。

「息子のように可愛いんだ？」

「息子ともちがうねぇ」

「恋人のよう？」

「そんな薄っぺらいことを」

「洋さんは今でも妙子姉ちゃんを待っているのかなあ」

母はみちをキッと睨んだ。

「妙子を待っているわけがないだろう。洋さんは妙子が好きだったわけじゃない。妙子が何だかんだと洋さんの気を引いていただけじゃないか」

洋さんが妙子姉ちゃんを好きだったわけじゃない？　そんなばかな。でも今の母にそれを言っても仕方がない。

「だったとしても、もう妙子姉ちゃんはいないんだから、洋さんを自由にしてあげないといけないいんじゃない？」

母がみちの言葉に動揺を示した。

「自由にって……」

「洋さんが誰と付き合っても母さんが出る幕じゃないってこと」

「あの女はだめだよ。あんなすれっからし。あの泥棒猫が来るとあたしがけんつく食らわせるもんだから、あたしがいるときはこなくなったのさ」

母は得意そうに言った。

「洋さんは大人だよ。なんで母さんがそこまで出しゃばるのよ」

「出しゃばっちゃいないよ。ただ洋さんは気が優しいから、嫌でも嫌だって言えないんだよ。だから代わって言ってるだけじゃないか」

「洋さんは嫌がってるの？」

「口に出しちゃいないよ。でもあの女と絶対目を合わせないようにしてるから、嫌にちがいないんだよ」

「好きな場合だってそういうことはあるかもしれないじゃない」

「そんなばかなッ！」母は絶句した。

「ほんとは母さんが洋さんの店を辞めれば一番いいと思うんだけどね」

母はぎょっとしたようにみちを見つめたが、やがて頭頂部しか見えないほどうなだれた。その地肌が透けて見える毛の薄い部分は、手作りの炭でていねいに繕ってあった。


その後、母は前と変わりなくほてい屋へ通った。

みちは夜帰ってくるとき、ほてい屋の前を通ればいろいろ詮索してしまうので、最近は遠回りして違う路地を通ることにしていた。ところが今日は考え事をしていたので、無意識に通り慣れた路地を曲がってしまった。ほてい屋の前に出た。電気が点いているので、ためらいつつガラス戸に手をかけようとしたとき、中から女の人の声が聞こえた。話し声ではない。何か唄っているような。そんなばかなと思いつつ、すでに走りだしていた。

家に走り込むと、母は流しの前にいた。

「なんだい、男にでも追いかけられたのかい」母は揶揄するように言った。

「洋さんちの前を通ったら、女の人が唄っている声がしたもんだからびっくりしちゃって」

「何だって！　ちょっと一回りしてくるから」

止める間もなく、母は外へ飛び出した。

余計なことを言わなければよかったと後悔しながら、みちは台所に突っ立ったまま母を待った。一回りにしてはあまりに時間がかかりすぎている。刃傷沙汰にでもなっているのではないか、と思い始めたらじっとしていられなくなった。

洋さんの家まで走ってくると、中から笑い声が聞こえた。狐につままれたような思いで声をかけながら中へ入った。障子が開け放してあるので、いきなり家の中が見えた。

「あら、お仙おばさん！」

洋さんの友達のてらさんと組んで、チンドン屋をやっていたお仙さんだった。

「みっちゃんて言ったっけね。ずいぶん娘さんらしくなって」

穴のあくほどしげしげと、みちを見ている。みちは赤くなりながらうつむいていた。

「さあ、みっちゃんも上がって」洋さんが言った。

久しぶりに見る洋さんはいつもと変わりないのだが、みちには素っ気なく感じられた。みち自身が洋さんについて、あれこれ想像しすぎていたせいかもしれなかった。学校の宿題があるからとウソをついて帰ってきた。

四年前、ほてい屋が開店した日、洋さんの友達のてらさんとお仙さんが三味線で、鉦の徳さんと組んで、この路地裏まで入ってきて賑やかに宣伝してくれた。いろいろのわだかまりがあって、最初のうちは近所の人達は買いにきてくれなかったが、お仙さんが時々きてはコロッケをまとめて二十個ずつ買ってくれた。あのときは嬉しくて、気を取り直してがんばれたものだった。

昭和二十九年秋の人事異動で、みちは待時課から三村奈津子のいる即時課へ移った。即時課は横浜から東京への通話を交換手がダイヤルで繋ぐ課である。東京へかけたい加入者が「108」をダイヤルすると、即時課にランプが点き、交換手が「108番です」と応答する。「東京の＊＊番をお願いします」と言われたら、交換手がその対のコードで相手番号をダイヤルして呼び出し、通話を成立させる。

東京以外の市外通話は、すべて「106」番（記録案内課）へ申し込む。一旦電話を切って、交換手が繋いでくれるのを待つのである。その記録案内課にはみちの親友の小谷民子がいた。民子の課で受け付けた申し込みは、交換証に電話番号などを記入され、それを接続する待時課へ回してくる。交換証には、並報、急報（料金は並報の二倍）、特急（料金は並報の三倍）の取扱区分と受付時間が記入されている。取扱区分の高順位の中での、受付時間順に交換証立に並べられていく。

静岡への通話申込があれば、記録案内課から交換証が静岡台へ回されてくる。静岡台に着いている交換手が、静岡局の交換手に対して「願います＊＊番」と頼み、相手を出してくれた時点で、こちらではすぐ申込者を呼び出して通話が成立する。逆に静岡局の交換手から横浜の加入者の呼び出し依頼を受ける。これが一番シンプルな例だ。それにひきかえ、横浜から直接回線の繋がっていない地方への通話は、いくつもの局を中継し、何人もの交換手が介在する。そこには駆け引きも生じ、交換手の経験、技倆、性格が問われる。待時通話の交換の仕事は、複雑で熟練を必要としたのである。

即時課の仕事は単純明快だ。ランプが点いたら応答し、相手局の交換手も必要なく、ダイヤルを回せば東京の加入者が出る。点いたランプにはどの順に点いたかの表示はない。しかしみちの頭の中は、碁盤の上の碁石のように点いたランプの順位関係を瞬時に記憶する。一番早く点いたランプは違った光を帯びているように感じられるのだ。一秒でも早く、感じよく応答したいと熱中する。三村奈津子と同じ交換室の空気を吸っていると思うことが、みちをひたむきにさせるのかもしれない。

ランプが途切れたとき、交換室中程にある運用主任席の三村奈津子が気になる。その日に着く交換台によって、三村奈津子の姿は後ろ姿か左右からの横顔か、というふうに見える角度が微妙に変わる。オールバックにした髪の毛が背中までさらさらと流れている。みちは三村奈津子が、交換室の中で近づき難い存在なのかと想像していた。だがみちが目にしたのはまるで想像とは違っていた。交替者が来て、休憩に立った交換手が、胸からブレストを外し、手に提げたまま運用主任席に立ち寄る。何か話しかけると三村奈津子は純真そのものの笑顔で応じる。あの自己を貫くことに対して妥協を許さない厳しく気難しい人とは思えない。みんなに慕われているのだと思う。

通常交換手の後ろを巡回するのは数名の座席主任で、課に一人しかいない運用主任は巡回しない。しかし三村奈津子は時々巡回する。畳表の草履のかかとに付いた金具の音がゆっくり通り過ぎるからそれと分かるのである。みちはその音を聞いただけで心が充足した。

即時課に異動してきて以来、みちは宿直勤務のない日勤組に組み入れられた。それまで週二日、夜学を休まなければならなかったのが、休まなくてもよくなったのだ。それが三村奈津子の配慮が及ぶことだったのかどうかは、みちには分からなかった。けれども、休憩時間も昼休みも、たとえ十分でも時間をつくり、受けられなかった授業の補習に明け暮れることはなくなった。その分、授業にも身が入り、余裕を持って部活にも参加できた。

ある日、みちは食堂で三村奈津子を見かけた。端の方の目立たないテーブルに着いている。そこへ見たことのある交換手がハンカチに包んだ弁当を抱えてきて、素早く三村の前に置いて離れていった。色白の物静かな感じの人だ。みちの目が弁当を食べる三村に釘付けになった。焼いた肉を食べている。野性的な、貪欲な感じがする。以前のお寿司屋の時といい、三村奈津子は本当は魚も肉も大好きな人だったのだ。みちにはそれがなぜか意外な気がした。いつのまにか、三村先生は菜食主義だと決めこんでいたからだ。

みちがＭ高校二年生になったとき、みちと同じ中学を卒業したチエがＭ高校に入学してきた。歳は離れていても二年遅れで入学したみちはチエより一年先輩でしかない。チエが就職したのは、中華街の裏にある産婦人科医院である。中国人医師と看護婦一人の小さな医院だった。チエの仕事は掃除、洗濯などの雑用らしかった。チエは学校のことをみちによく話した。六畳の部屋は、夜はみちとチエの寝間になったので二人でよく話し込んだ。部活は演劇部に入ったという。

『しあわせの歌』という歌が流行っていて、どこへいっても誰かしら歌っている。

しあわせはおいらの願い
仕事はとっても苦しいが
流れる汗に未来をこめて
明るい社会をつくること

演劇部では、文芸部顧問の武藤研一が書いたシナリオ『しあわせの歌』という一幕物に取り組んでいるそうだ。装置を担当しているのが四年生の生徒会長だという。チエはせりふの一つしかないその他大勢だというが張り切っている。物怖じしない性格なので、思いっきり自分をぶつけることができるからだろうか。

文芸部のことだけしか考えていなかったみちは、チエが入学したことで平面の地図でしかなかった学園生活に厚みが増したと感じるようになった。

それから間もないある日、みちは早めに登校して部室へでも行こうかと思っていたところを、その生徒会長の岡一平に、第二分教場と呼ばれている中華料理店へ誘われた。

店内は相変わらずM高校の生徒で賑わっていた。岡は先に立って歩き、みちはうつむいてその後に従った。それでも、あちこちからの視線を感じた。岡は二階への階段を昇った。みちはあれ？　今日はラーメンではないらしい、と思った。M高校の生徒が頼むのはほとんどラーメンだった。

二階にはM高校の生徒はいなかった。背の高い透かし彫りの衝立で仕切られた円卓が奥まで続いていた。とば口にあるテーブルに岡はみちを誘った。どんな話があるんだろうと警戒ぎみのみちを見て岡は笑った。

「ごめん、ごめん、二十分だけ時間をくれよな」

個人的な話をしたこともない岡が、いつも自信に満ちて校舎中を歩き回っているあの生徒会長の岡一平が、頼り無さそうにみちに頼んでいる。

「別にかまいませんけど」と言いながら、ますますみちは困惑していた。

「村井君のことなんだけど……」いい淀んでいるとき、店員がきたので岡がやきそばとか鶏の唐揚げなどをオーダーした。

みちは村井美子の名を聞いたとたん、チッと舌打ちが出そうになった。村井美子は、みちが初めて文芸部の部会に出たとき、強く印象に残った美人である。一年間文芸部で過ごして、村井美子が男性の憧れの的であることを嫌というほど知らされた。その中には複数の教師も含まれていた。綺麗で頭が切れる。感性にも男の心をわしづかみにするようなものがあるらしい。文芸部員でありながら一度も文章を書いたことがなかった。それがむしろ、書けばすごいのではないかと人に期待を抱かせる。

岡一平から村井美子の名が出た時点でみちには話の内容が想像できた。気になるのは、話を聞くのがなぜわたしなのかだ。

岡一平の話はこういうことだった。

「恋人として俺と付き合ってくれ」と単刀直入に切り出すと、

「岡ちゃん、あたしが好きになったの？」

村井美子は岡の顔を覗き込み、ケラケラ笑った。それでも二、三日考えさせてくれということで、改めて返事をしてきたのが、「お断りします」だったという。

「いまのあたしは、自分というものがないんだ。みんなに寄ってたかって変えさせられているの。こんなとき、あたしは誰にも応ずるわけにはいかないッ」と。

岡はまいったよ、とおどけた仕草で肩をすぼめたが、そのあばたの目立つ顔はやつれて艶がなく、くすんだ色をしていた。

「それで、わたしに何か？」みちはおずおずとたずねた。

岡はハッとしたようにみちを見つめてから、

「あ、そうだよね。こんな話をいきなり一年生の君に話すなんて。でも誰かに話さないと苦しくてどうしようもなかったんだ。どうも、ごめんなさい」

岡が頭を下げ、運ばれた料理をみちに勧めているうちに、元のごっつい生徒会長の顔つきに戻っていた。

みちは、男ってあんがい単純なんだなと思った。なぜわたしがなんて意味はなく、黙って聞いてくれそうな人ということで、たまたまわたしになったということだ。気持ちが割り切れたので、勧められるままに料理を御馳走になった。

店を出るときはみちが先になり、勘定を済ませた岡がその後に続いた。入ってきたときと同じような視線を感じたが、みちは真っすぐ前を見て歩いた。

職員室は煙がもうもうと立ち込めていた。唯一喫煙が許されている職員室へ、休み時間に生徒が殺到するのである。みちは文芸部の連絡係になっていたので、休み時間の職員室は相手を見つける絶好のチャンスだった。職員室の真ん中にあるだるまストーブを台替わりに灰皿を置いて、一番大きな輪ができている。男子ばかりでなく埋没しない程度に女子もいる。教師たちの机の上の灰皿へも、当たり前のように何本もの腕が伸びる。タバコを吸わない教師は他へ避難する。職員室は活気に満ちた解放区となる。

文芸部顧問の武藤研一はタバコを吸わない。それでも出て行かず、楽しそうに雑談をしている。武藤の声が一番大きい。みちは武藤のそばへ行って原稿を渡したいのだが近づけない。タバコを吸わない武藤の机の上に持参の灰皿を置いて、すぱすぱ村井美子がタバコを吸っている。男の憧れの的となり、何を言っても何をしても許される者の自信がそうさせるのか、実にしなやかで自然体だ。みちはコンプレックスで身が竦んだ。立ち去ろうとするのだが、体は出口の方へは向かない。人の背中越しにちらちら武藤を、いや村井美子を見ている。武藤の机を取り囲んでいるのは村井美子に熱を上げていると噂のある男子ばかりだ。しかし話をしているのはもっぱら武藤と村井美子だった。もともと鋭い武藤の眼光が、きらきら輝いて村井美子をためらいもなく見ている。

こんなごみみたいな原稿を、武藤先生に読んでもらいたいなどとのこのこやってきた自分がみじめったらしい。戻ろうかとそっと出口の方へ向き変えたみちの目は、やはり二人を凝視している目と出会った。生徒会長の岡一平だ。村井美子より武藤を冷静に見つづけている。

村井美子が言ったという「わたしは寄ってたかってみんなに変えさせられている」のだったら、誰か一人を選ぶことなんてできやしない。男たちはそういう村井美子を分かっているのに、同じ病に取りつかれたように、心から好きになり、振られていく。どうなっちゃってんだ、みちは思わずつぶやいた。

職員室を出ると、タバコの臭いが廊下を歩くみちの体に纏わり付いてきた。

その日の放課後、チエがみちの教室へきて、このまま家に帰るんだけど一緒に帰らないかと誘った。みちも予定がなかったので同意した。初夏のさわやかな晩だったので、どちらからともなく歩いて帰ろうということになった。四十分位の行程だ。チエが入学して一カ月になるが、一緒に帰るのは初めてだった。

チエが腕を組んできた。むっちりと肉付きのいい腕がしっかりと絡み付き、みちはチエに支えられているような錯覚を覚えた。電車道は騒がしく明るいので、物騒なことはなかった。長者町を過ぎると、右手に幾筋かの通りが走り、真金町の遊郭の一部が垣間見えた。

「岡さんだけどね、ほら生徒会長の。あたしが山下みちの妹だと分かったらしくて、お姉ちゃんのこといろいろ訊くのよ。お姉ちゃんに気があるんじゃないの？」

「違う、違う。あの人が好きな人は、すごく綺麗で、頭がよくて、チャーミングな人なのよ。すべてわたしと正反対。へんなこと言わないでよ！」

みちはまるで自分が冒瀆されたかのように不機嫌な態度をとった。チエは外人がするように両手を開いて肩をすくめた。

二人は、家に着いてからは、すでに寝ている父に気兼ねして声をひそめて話した。それでも身支度や明日の支度は手を休めずやり終えた。電気を消してふとんに入ると、すぐチエの寝息が聞こえた。


チエのようすがちょっとおかしいと思ったのは、二人で学校から歩いて帰ってから半月位経った昨日からだった。昨日みちが学校から帰ると、チエはすでにふとんの中で目を閉じていた。電気を消してもいつものような寝息が聞こえなかった。寝返りを打つ気配が幾度もして、かすかなため息も混じっていた。

今日は授業が終わってすぐ帰ってきたのだが、チエはもう寝間着姿だった。みちも手早く身支度をして、チエが坐っているふとんの隣へ自分のふとんを敷いた。

「あんた、仕事か学校で何か嫌なことでもあるんじゃないの」

しばらくして、チエは小さな声で言った。

「まだ就職したばかりなのに、辞めるわけにはいかないよね」

「仕事辛いの？」

「怖いんだよ」

「怖い？」みちは咄嗟にあれこれ想像したが、見当がつかなかった。

「昨日毛先生ね、掻爬した後、あたしに両手を出させて、その上にかき出したものを乗せたの」

「素手に？」

「怖い声で、指がちゃんと数だけあるか調べろ、取り残したら大変だからなって。あたし体中が冷たくなっちゃって、自分の指が思うように動かなかった」

今までは看護婦がそういう仕事はやっていたが、その人が辞めちゃったのだという。

「むごいことだねえ」みちは身震いしながら、チエの背中をさすった。

「産婦人科医院っていうから、そりゃあ病気の人もくるだろうけど、いつもお腹の大きい女の人や赤ちゃんも来てるのかと思っていたんだ。そしたら掻爬する人が主らしくて、患者さんはいてもひっそりしてるの。昨日からは待合室で待っている女の人を見ると、もう体が震え出しちゃうの」

チエは自分の両手を、しきりにこすり合わせている。

みちは何か言わなければと思うのだが、チエの話があまりに深刻なので何も考えられず、ただ頷きながら力を込めてチエの背中をさすり続けていた。

「今日はもう遅いから、明日みんなで話し合おうよ」

チエは頷いてふとんに横になった。みちも電気を消してからふとんに入った。どうしたらよいのか。チエに辛抱しろとはとても言えない。そうかといって、娘から搾り取ることにかけては抜け目のない父が、辞めることを許すとは思えない。でも辞める方向にもっていかなければ、チエがだめになってしまう。みちはそう考えると眠れなかった。

次の日はちょうど日曜だったので、家族四人が朝から揃っていた。朝の食事も終わり、後片付けもすんで一息ついた時、父と母にチエの仕事のことで相談したいと切り出した。

「チエがひどい仕事をさせられていて悩んでいるの。ねえチエ」

チエは肩を落として、昨日みちに話したと同じ話をした。

「なにーッ、十六の子供にそんな事をさせてるのかッ。そんなとこ辞めちまえ。父ちゃんがもっといいとこ見つけてやる」

みちの予想と違った展開になった。みちが望んだことでもあるのだから、父に同調すればいいわけなのだが、みちの気持ちにそれを阻むものがある。父が安請け合いをすると、かえって悪い結果になることがままあったからだ。

みちはもっと時間をかけて話し合いたかった。

「学校の紹介で行ったところだから、中学の先生に相談してみようか」

みちの言葉を遮って母が言った。

「勤めには辛いことがつきものだよ。慣れれば何とかなるものなんだから。魚のはらわただと思えばいいんだよ」

チエは小さくいやいやをした。

みちはちらッと、洋さんに相談できればなと思ったが、もう洋さんを頼ってはいけないんだとすぐ否定した。

それを見抜いたかのように父が言った。

「そうだ！　とりあえずほてい屋で使ってもらえ。その間に父ちゃんがいいとこ見つけてやる」

「何言ってるんだよ！　ここがチエの我慢のしどころじゃないか」慌てた母がヒステ

リックに言った。

「もう洋さんにうちの都合で頼むのはやめた方がいいと思う」みちがここまで言ったとき、また母が遮った。

「今の所で、あと半年頑張ってみるんだよ。そしたらどうにかなるかもしれないし、どうにもならなかったら、そのときこそ辞めればいいんだからねッ」

みちはチエが拒むものと思っていた。

「半年？」チエが首を起こして宙を見ている。

「わたしが毛先生に会って、そういう仕事はやらせないでくださいって頼んでみようか」

みちがそう言ったとき、間髪を容れずチエが言った。

「次の看護婦さんがくるまで、あたししかいないんだから無理だよ。辞めるか、我慢するかしかないよねッ」

チエの語気の強さにみちは一瞬たじろいだ。間の抜けたような自分の不甲斐なさを恥じた。

「半年経って、それでも我慢できなかったら辞めてもいいんだネ」チエが念を押す。

「そうだよ」母がきっぱり言った。

背中を押してくれる強い母に促されて、結局チエは、あと半年頑張ってみると言ったのである。

チエは勤めも休まず、夜学へも通っている。家に帰ってから愚痴もこぼさない。時々みちが「大丈夫？」と訊くと、「うん。何とかね」と答え、それ以上話したくないという素振りをする。愚痴をこぼしたり、慰められたりすることで、自分の決意が鈍ってはいけないとでも思うのか。

みちは演劇部でのチエの様子を知りたいと思い、休憩時間の職員室で岡一平をつかまえた。みちの用向きに岡は気軽に応じ、明日五時に図書室で、と約束してくれた。

図書室は体育館の片隅の物置だったところを改造したもので、教室を一回り狭くしたくらいの広さだ。

中央に部屋とは不釣り合いな大きな丸テーブルが据えられ、そこには引き出し式の灰皿が五個ついていた。職員室以外での喫煙は認められていないから、もちろんこの引き出し式灰皿を使うことはない。

みちと岡一平は隅のほうの席に向き合った。具体的なチエの仕事には触れなかったが、妹が仕事のことで悩んでいるので心配している。でも家ではほとんど話さないので、部活ではどんな様子か知りたいのだと言った。

「チエちゃんみんなに可愛がられているよ。稽古にも熱心に参加してるし、雑用も率先してやってくれるんで助かってる。まだ十六歳なんで飲みには誘わないけどさ、第三分教場（野毛の喫茶店）へ行くときは誘って楽しくやってるよ」

岡一平の話でちょっと安堵したみちは、今度は自分が岡の話を聞く番だという気持ちで、村井美子の話を待った。

ところが岡はそんなことはおくびにも出さず、逆にみちに話を向けた。

「文芸部どう？　楽しいかい？」

「ええ。でもなかなか書けなくて。書けば書くほどみみっちいものになっちゃって、自己嫌悪に陥ります」

「はっ、はっ、はっ、ハハハハ……。みみっちいかあ。いや俺なんかも考えることはみみっちいよお」

「そんなことないでしょう、生徒会長なんですから」

「そうそう。その生徒会長のワクに自分をはめ込むと、これが摩訶不思議、それなりのものになるんだよ」

岡の話はどこまで本気か冗談か、分からなかった。でも気軽に話せる先輩を持てたことがみちの気持ちを楽にしてくれた。


みちが即時課へきて八カ月後、ストライキが決行された。みちは何回か経験しているが、この課へ来てからは初めてだった。交換手は交換台に着いていて、加入者が局を呼んでいるランプはびっしり点いている。まるでランプの海だ。でも誰も応答はしない。いつもの交換室は、相手の声が聞こえず、一方的な交換手たちの声が響き合い、交じりあって巷の喧噪のようだが、今日は違う。「モシ、モーシッ」という声がまったくしない。黙々と坐り続ける交換手たちの姿は、時を止めたように映る。

いつもは交換手の後ろを巡回するのは座席主任だが、今日は男性の組合幹部だった。

みちはいつもの早く応答しなければという気持ちから解き放たれず、胸苦しかった。108をダイヤルして交換手が応答するのをひたすら待っている人の姿が見えるようで気が気ではない。ストライキは労働者として当然の権利でありまた義務でもあるとは思う。でも何とかしなければと気がはやるのはどうしようもない。待時課の交換作業が一枚の交換証から始まるのとは違い、この課ではランプの点いているそのジャックへコードを差し込めば、加入者が待っていて話ができる。加入者ととても近い関係なのだ。気持ちより体が反応しそうになる。交換台に手をのせているのは危ないと思い、両手を膝の上で組んで目を落としていた。それでもランプが点いているのは視界に入っている。消えるランプがある。諦めて電話を切った人がいるのだ。だがすぐそのランプが点く。別の人が局を呼んでいる。

「イチレイハチバンデス」辺りの空気を破ってその声は響いた。それが自分の声だと気付くのと、組合幹部が駆け寄るのが同時だった。

「おい！　今何をしたッ」

「す、すみません……」消え入るような声だった。みちは何がなんだか頭がぐじゃぐじゃになって、幹部に小突かれるたびに背中がぐらぐらした。

「おまえの一声で、団結して遂行されていたストが破られちゃったんだぞ。自分のやったことが分かってるのか！　ちょっと来い」

みちを小突いていた手が乱暴にみちの腕を引き上げて立たせようとした。

「お待ちなさい」

組合幹部に向かって鋭く制止する声が響いた。三村奈津子だった。

「あんたの出る幕じゃない！」

「私はこの交換室の責任者です。山下みちがやったことは組合員として重大な違犯行為かもしれません。でも私は組合員ではありませんから、職務上の権限として交換手を守る責任があります。」

「何ばかなこと言ってるんだッ。自分の言ってることが分かってるのか。そんなことをしたら、あんたは別の責任を問われるんだぞ。とにかくスト破りを確保する。どけ、どけ」

「私は自分の職責をかけます。処分も受けましょう。ただ山下みちをスト破りとして責め苛むのを黙って見過ごすことはできません。山下みちは応答してしまいましたが通話を繋いだわけではないのですよっ」

　三村奈津子の強い語気に組合幹部はちょっと慌てた顔をした。

「山下みちはあえてスト破りをしようとしたのではないと思います。未熟さもありますが、一秒でも早く加入者へ応答したいという日ごろの仕事への熱意が無意識に反応してしまったのです。これは電話交換手の、呼べば答える悲しき習性なんです！」

ざわざわしていた交換室内が、三村奈津子の最後の一言で一瞬しーんとなった。

「じゃあ、あんたも一緒に来てもらおう」

組合幹部は先に立って交換室の出口へ向かった。

わたしのしたことは、スト破りだったのか。みちは消え入らんばかりにうなだれて後に続いた。みちのすぐ後ろを三村奈津子の足音が続いた。

組合幹部は彼らの控室になっている応接室へきた。みちと三村奈津子を廊下に待たせて幹部は中で協議をしているらしかった。間もなく出て来た幹部は、別の幹部をみちに付け、会議室で待っているように命じた。自分は三村奈津子を伴い、局長室へ行くと言って去って行った。

そのあとみちは交換室へは戻らず、自宅に帰るよう指示され、三日間の自宅待機を命じられたのである。

今から五年前の昭和二十五年、ＧＨＱの指令により、共産党員とその同調者を公職・企業などから追放する、いわゆるレッド・パージの嵐が吹き荒れた。それ以降、労働組合も社民系（社会党右派）の力が強くなっていった。その打ち出す路線も、当局と対決するのではなく、当局と協調する方向に向かっていった。

三村奈津子は共産党支持者ではない。独自の主義、主張は持っているが、それを組織の中で、とは考えない。三村が自らに厳しく課していたのは、陰になり日向になって、電話交換手の仕事を支え、良き理解者でありたいということだった。だから、交換手が不利になることに対しては、当局の権威にも反抗し、ときには組合の権威にも反抗したのである。

自宅待機の三日間、みちは家から一歩も出なかった。風呂釜の前の、よく母が坐っている板切れの上に坐っていた。台所の中でも、ここは父の仕事場からも、座敷からも死角になっている。物もほとんど食べなかった。何を訊かれても黙っていた。

みちは今回のストが何のためのストだったのか分かっていなかった。賃金とか人員の要求ではなかった。職場環境を守るといったようなことが掲示板に書いてあったような気がするがそれも曖昧だった。なんでこんなことになっちゃったんだろうとの思いばかりが堂々めぐりをしていた。

昼前に父の食事の支度のために母はほてい屋から帰ってくるが、相変わらずのみちを見て、ため息をつき、ほてい屋へ戻って行く。

チエは時々みちの前にしゃがみこみ、心配そうにみちの顔をのぞきこむ。あんぱん、せんべい、さらし飴など持ってきてくれるが、首を横に振った。洋さんが特別に揚げてくれた一口大のコロッケにも申し訳なさそうに首を振った。受け取ったのは番茶だけだった。それを時間をかけて飲んだ。

明日から出勤という日の夜、母におかゆを作ってもらい、少し食べた。風呂へも入った。

当日はいつもより早く家を出た。早いせいか更衣室にはだれもいない。制服に着替え、ブレストを持って屋上へ出た。キングの塔、ジャックの塔、クイーンの塔をそれぞれ見ているし、海も見ているのだが、何も見えていなかった。しっかり見たのは自分の腕時計だった。

ひっそりとした気持ちで交換室に入った。今日の勤務配置を示す担当板に、山下みちの名札も下がっていた。何をそんなに心配していたのかと自分でもびっくりするくらい、名札を見たとたん胸のつかえが消えた。

運用主任席の前に立ち、三村奈津子の顔にぱあーっと笑みが広がったのを一瞬見て、みちは深々と頭を下げた。

三日ぶりに坐る交換台は、目的がはっきりしているからか、みちを落ち着かせてくれる居場所だった。

同じ課の交換手たちは、みちに対して誰も口をきかなかった。しかしみち自身が緊張していたため、そのことの意味が呑み込めなかった。

小谷民子とどうしても今日会いたかった。民子の課へ電話をすれば主任席にかかるから取り次いでくれないかもしれない。そこで一般加入者と同じに「１０６」を回した。応答した交換手に、自分の身分をはっきり言い、急ぎの要件で小谷さんと話したいので伝えていただけないかと頼んだ。すぐ民子が電話に出た。

会ってほしいとのみ言った。民子の電話の受け答えに、一瞬困惑のけはいが感じられたが、すぐ、気になっていたのでぜひ会いたいと言ってくれた。退庁時間に二人が会ったのは局の屋上だった。夜学に通うようになってから、めったに会うことがなくなった民子だが、この一年間でまた大人っぽくなっていた。入局した十五歳のときからの親友だった。民子はいつもみちの偏屈さをたしなめ、姉であるかのように助言してくれた。その民子が久しぶりにみちと顔を会わせるなり、困った人ねえという表情で少し笑った。

「ごめんねえ、あなたにも迷惑がかかったんでしょう？」

「今度のストは即時課だけのストだから、私には直接関係はないのよ。でも電話交換手としては連帯の関心は持っているけどね」

「えッ、即時課だけのストだったの。そんなことも分からずにわたしは大それたことをしでかしちゃったわけなのね」

「今度のあなたのことはね、即時課の交換手もいろいろな受け取り方をしているのね。故意にやったんじゃないということは分かっているんだけど、今までなかったことだから、やはり本人の不注意というところへどうしても落ち着いちゃうのよ。でも三村先生を支持する人達がいるんだけど、その人達はあなたのことも弁護しているそうよ」

「わたしどうしたら仲間の人達や三村先生に償うことができるのか分からないの。考えれば考えるほど……」

「山ちゃん、はっきり言うけどね、三村先生は要注意人物として、組合からも当局からもマークされているの。そしてあなたへも、組合からの厳しい監視の目が光っているのよ。これからが大変なの」

　みちは民子が何かを言おうとしていることに気づいたが、それはみちにとって嫌なことだということが何となく伝わってきた。

「これからわたしは、何に気をつけて行動したらいいのかしら」

「今までどおりでいいのよ。ただ三村先生とあなたがそういう状況だということは頭に入れておいた方がいいと思うの」

「つまり、三村先生と個人的に会うなということね」

「うーん。まあ、その方がいいと思うの」

民子に止めを刺されて、みちは縋るような目を海の方へ向けた。今日の海は白く霞んで、青い色が見えなかった。みちは尚も青い色を探したが、諦めて顔を民子に戻した。

「これは彼からそれとなく聞いたことなんだけど、当日三村先生は、局長と組合幹部の前であなたを弁護して引かなかったそうよ。三村先生にはいずれ厳しい処分があるそうだけど、それ以上は分からないわ」

別れるとき民子はさりげなく、他から聞いたことだけどと念を押して、今回のストは当局の組合幹部に対する個人攻撃がこじれて打たれたものらしいと言った。みちに、民子が漏らしてはいけない情報を、精一杯の好意でこれだけ話してくれたことが伝わってきた。

民子との話はそれで終わった。

みちは改めて、自分のしでかした事の重大さを知り、押し潰されそうだった。誰かに相談したかった。それは文芸部顧問の武藤研一以外に、今は考えられなかった。しかし、武藤に相談すればいいアドバイスはくれるかもしれないが、必ずそれを書けと言うだろう。でも今は書けない。

みちは、今にして切実に、チエの強さを実感した。十六歳のチエが、あんな大きな岐路に立ったとき、歯を食いしばって乗り切った。誰にも頼らずにだ。みちは自分を甘いな、と思った。頼るものを探している。

三日間の自宅待機の後の初出なので、家に帰ると、父も母も、何か用事を探すようにまごまごした。みちも照れ臭くて、ふだんやりもしない部屋の片付けなどをした。母に豆腐を買ってきてくれないかと頼まれたとき、すごく救われた気がした。ナベを抱えて、横浜橋通りへ向かう足取りが軽かった。

チエは夜学を早退したのか、八時前に家に帰ってきた。みちの顔を見ると嬉しそうに笑った。みちも照れながら頷いた。

チエが丸っこい拳を、上に突き上げた。

第五章　妙子の家

三日間の謹慎が解けた日の翌日、朝更衣室へ行くと四、五人の仲間が着替えをしていた。みちが昨日と同じつもりで「おはようございます」と声をかけると、みんな黙ったまま背中を向けた。着替えが終わるとすっと出て行った。なぜだ？　と自問しながら交換室へ向かった。出入り口の担当板を見ていた数人の仲間に声をかけたが、やはりみんな黙っていた。

休憩時間になったが、みちは休憩室へは行かなかった。十五分とか二十分の休憩時間では屋上までは行かれない。ゆっくりトイレへ行き、そこいらをまごまごしていれば、瞬く間に休憩時間の終りとなる。

食事時間になった。いつも食堂のものを食べているので、ちょっと迷ったが食堂へ行った。メニューを注文する列ができていた。みちは列の終りに並んだ。それまで我さきにしゃべっているような賑やかさだったのに、それがぴたっとやんだ。とてもこういう中では食べられないと思い、列から外れた。

交換室内や廊下を歩くときは、人の顔を見ないように自分の足元だけを見て歩いた。

次の日からは弁当とお茶を持参し、屋上で食べた。

休憩室へも食堂へも行かないから、仲間と顔を合わせることは少なくなった。どうしても避けられないのは更衣室だ。幸いみちのロッカーは、出入り口の一番端の下段なので、あまり人と顔を合わせずにすんだ。

みんなが、みちに口をきかなくなったことが何なのか、誰からも聞けなかったが、これがスト破りに対する処分なのだろうということが、三日目ぐらいには判ってきた。辛いが、これは自分の過失を償っているのだと思うと、むしろ気が少しらくになった。

人目につかないようにふるまうことは卑屈さを伴う。だが仕事に対しては何の制限もされてはいない。みちは電話交換の仕事が、局内の人とは途切れていても、世間の人と限りなく繋がっていることを切実に感じた。だからみちは、伸び伸びと精いっぱい仕事ができたのである。

三村奈津子とは、仕事でも、個人的にも、話をする機会はなかった。でも、三村奈津子の視線を感じることはあった。


夜学の授業までに二十分ほど時間があったので、みちは図書室で新聞を拾い読みしていた。「スト破り」という見出しが、痛いほどの鋭さで目に飛び込んできた。

〈世界の街から〉という大見出しで、ロンドンでの鉄道ストの後日談が書かれている。

スト破りに無言の〝刑罰〟

対抗はガンコな信念で

英国の組合には「コヴェントリー送り」という〝刑罰〟がある。組合の決定に反した者やストに参加しなかった者を仲間外れにしてしまうことである。ある機関士が自分の信念にもとづいてストに参加しなかった。同じく鉄道に勤める息子（十六歳）も父の信念に従った。そして「コヴェントリー送りの刑」に処せられた。それも「終身刑」。仲間の組合員たちは一生この親子に口をきかないことになったのである。二人はガンコな信念で敢然とこの刑に立ち向かった。

みちは強いショックを受けた。無意識に応答したとはいえ、自分はスト破りをしてしまった。こんなにも重大なことだったのか。みちへの処分開始から二週間、すでに村八分の生活に慣れてきた自分をどう考えればいいのか。

「ずいぶん真剣な顔をして新聞を読むんだなあ」

生徒会長の岡一平が図書室へ入ってきて、みちに近づいてきた。もう時間でもあるし、今は誰とも話したくなかったのでみちは挨拶をして立ちあがった。

「俺、みち君にも振られたのかー。切ないねえ」

岡は余裕ぶってはいるが泣き笑いのような笑顔でみちを見送った。


交換室内に午後の長閑な気配が漂いはじめた三時ごろ、運用主任席にみち宛ての電話がかかってきた。お姉さんから、と座席主任がみちに知らせてくれた。

姉って、妙子だろうか。いやそんなはずはない。二年以上も音信不通なんだから。では真紀子だなと思いめぐらして受話器に出た。

「モシモシ」

「ああ、みち？　たえこだけど」

「ええーッ、妙子姉ちゃん？　どうしたの？　いまどこにいるのッ？」

みちは妙子と連絡が途切れてしまうのを恐れて縋るように問いかけた。

「うん、会いたいんだけどね、体壊しちゃって出かけられないの。来てもらいたいんだけど」

「ええ、もちろん！　でも一緒にいる人はどうしたの？」

「一緒にいる人なんていないわよ。もともとあたし一人よ」

「分かった。それでどこに住んでるの？」

みちはそのあと、妙子の住所を聞き出した。

みちが電話に出ている間、代わりに交換台に着いてくれていた座席主任に礼を述べ、みちはブレストをつけて台に戻った。

ブレストで両耳を塞がれると、周囲の音はまったく聞こえなくなる。この絶縁された空間は、今のみちには救いだった。みちは妙子がマスターと一緒ではなく、一人で出奔したということに打ちのめされていた。そこまで思いつめて家を出たのか。そして二年以上も音信不通だった。いまの電話では体を壊していると、息絶え絶えに言った。とにかく明日、何か食べる物を作って妙子を訪ねようと思った。と同時に、そのことはまだ家族には内緒にしようと決断した。

手元の通話回線のランプが点いたので「モシモシ」と呼びかけ、応答がなく通話が終了していることを確認して、交換証に通話終了時間を記入した。ほかに繋いでいる通話がなかったので、みちは目の前に並んでいる小さなランプを見つめた。

職務中に私用の電話をかけることは禁じられていた。かかってきた電話とはいえ、運用主任席で私的なことを話す行為は奇異なことだった。あのとき、席に三村奈津子はいなかった。姉からの電話を受けたのは三村奈津子で、それを座席主任に告げて席を外したのかもしれない、とみちは思った。

日曜日、みちは妙子から電話があったとき書き留めた妙子のアパートへ行くために、相鉄線の星川駅で降りた。線路沿いにも家は隙間なく建っていたが、その道路の向かい側の小学校の裏手にも住宅が密集している。中にはしもた屋に見えるが、どうもアパートではないかと思える家もある。該当の住所に、アパートか倉庫か分からないようなモルタルの建物を見つけた。××荘とかの看板もなく、個人の表札もないから、取りつくしまがない。ここ以外に考えられないと目星をつけたみちは、しばらく待って様子をみようと、少し離れた路地の角の家に陽を避けるように身を寄せて立っていた。

五十がらみの、身なりは人並みだがどこかくずれた感じの男が、そのアパートへ向かって歩いて行った。ドアノブの周りが特にひどく剥げ落ちたドアを開けて吸い込まれていった。みちはあれはマスターではない。いくらなんでも、妙子が惚れたマスターがあんな貧相な男であるはずがないと思うそばから、いや、二年以上もの生活の疲れからあんな風になってしまったのかもしれないとも思えた。もう少し様子をみようと佇んでいた。

三十分ほど待ったが、出てくる人も入っていく人もいない。とにかく当たってみようと、そのドアに近づいた。恐る恐るドアを開けた。左側中央に流しと調理台があって、コンロが二台置いてある。左右合わせて十二ぐらい、ドアが並んでいる。この真夏の蒸し暑さにもドアを開けている部屋は少ない。留守の家が多いのだろうか。蒸れた熱気と奥にあるらしい便所の臭いがこもっている。さっきの男はどの部屋に入ったのだろう。とにかくどの部屋かを叩いて訊いてみなければとためらっていた。同じようなドアなのにそれぞれなんとなく違って見える。この部屋はがさつな感じがしないと、流しのすぐ脇のドアを叩こうとした。その時、ここはよそうとなぜか感じた並びのドアがいきなり開いた。みちが飛び上がらんばかりに驚いているのを見て、女は胡散臭そうにみちを上から下まで目だけ動かして見ている。

「あ、あの、すいません。このアパートに山下妙子、もしかしたら苗字がかわっているかもしれませんが、二十三、四歳の女、姉なんですけどいますでしょうか」

「山下妙子？　二十三、四歳？　いないね。ここに住んでる女は一番若くても四十《しじゅう》ぐらいだから」

女はドアを閉めた。用事があって開けたのではなく、人の気配で開けたようだった。みちは引っ込みがつかなくなり、流しの脇の、最初に叩こうとしたドアを軽くノックした。返事がない。もうすこし強く叩こうかと思ったとき、「どなた？」と、聞き取りにくい声がした。妙子ではないようだが、「山下妙子さんのお部屋ですか？」と思わず訊いた。

「ええ」たしかにええ、と言った。みちはためらわずドアを開けた。三畳ぐらいの部屋でじっとりした熱気がこもっている。高い所に小さな窓があるが閉まったままだった。女は畳んだふとんを背もたれにして壁に寄りかかっていたが、力のない目をみちに向けた。

「妙子姉ちゃん？」

「みちなのね」そう言いながらも立ってくる様子もない。待ち切れずにみちは狭い三和土に靴を脱ぐと妙子に駆け寄った。さっきの女ではないが四十位に見えてしまうほど妙子はやつれていた。

「妙子姉ちゃん、どうしてこんなになるまで連絡してくれなかったのよお」

妙子は力なくほほえんだ。

「電話で体壊したって言ってたから、少しは滋養のあるものと思ってお弁当つくってきたの」

みちは、やわらかく炊いたごはんを別の器に入れて、おかずを弁当箱に詰めてきた。卵焼き、目刺しの焼いたの、おからの煮付け、細かくきざんだキャベツのぬか漬など。これといったご馳走ではなく、ふだん家で食べているものだった。ちゃぶ台がないようなのでそばに立てかけてあったお盆の上に並べて妙子の前に置いた。さあというようにお盆を更に妙子の方に差し出した。

「じゃあ、そのお弁当箱のふたに、ごはんを少しとキャベツのおこうこをのせて」

妙子は弁当箱のふたと箸をみちから受け取り、それでも嬉しそうな顔をした。ごはんと漬け物を、ぽつり、ぽつりと、つまんで、ゆっくり食べた。

そんな妙子を見ながら、みちは妙子にいろいろ訊ねたいことがあるのに、それはできなかった。ただみちは残念でならない。妙子が洋さんと口論したときのことをよく覚えている。妙子は、この路地(みちたちの住んでいる)を脱出することだけを考えて生きてきた。ここを脱出して伸び伸び暮らしたいと言った。洋さんは伸び伸び暮らせるなんて甘いよ。どこにそんな処があるんだよ。独り立ちするにも時期がある。手に職もなく金もない十八歳の女がいきなり脱出したって、別の路地へいくのが関の山だ、と言って、妙子を激怒させたのだった。でも洋さんの言うとおりになっちゃったじゃない。こんな体になってしまって、それ以上にひどいことになっている。

「妙子姉ちゃん、まだ医者に診てもらってないんでしょ。お願いだからわたしと一緒に診てもらいに行こう」

「それはだめよ。あたしは健康保険に入っていないから医者になんかかかったら、いくらお金があっても足りゃしない。あたしねえ製缶工場で働いて、他の人が休んでも休まないで、長い時間働いて、使うのは切り詰めて切り詰めて、だから少しはお金貯まっているのよ。でもそのお金は絶対手をつけたくないの」

力のない目をしていたのに今ははっきり意思を表している。

「それで何に使いたいの」

「ちっちゃな駄菓子屋が手っ取り早いかなと思ってさ」

「お店をやりたいのね。でも体を壊したままじゃそれもできないから、まずは体を治すことを考えようねッ」

　力をこめたみちの言葉にみるみる妙子の顔が曇った。

「あたしねえ、こんな体になっちゃってるのに、死ぬって気はしないのよ。だから全然怖くないの。だけど、これだけは手をつけまいと取っておいたお金をほかのことに使うのはどうしてもイヤなのよ」

「だっていま体を治さなければ死んじゃうかもしれないとしても？」

「うん。理屈じゃないんだよね。夜の仕事は体を壊すと思って工場の仕事を選んだのに結局同じことになっちゃった。こんなになる前に何度もこれじゃ体壊しちゃうって思ったんだけど、でも大丈夫って気持ちの方が強かった。だけどあんたに電話をかけて、こうして迷惑かけてるんだけどね」

「じゃあ、医者は別に考えるとして、当分わたしが毎日局の帰りにここへ通ってくるけどそれはいいわねッ」

「それはだめだよ。そんなことしたら、あたしが家を出た意味がなくなっちゃう。でもできたら週に一度、日曜日にでも来てくれると助かるんだけど」

「もちろんいいわよ。それで今日は何をしたらいいかな。お湯沸かして体でもさっと拭こうか？」

「大分臭うでしょ。銭湯へずいぶんいってないから」妙子はきまり悪そうに笑った。

流しの隣の調理台にあったコンロは他の人のものだから使えない。どうしても火を使いたい時は電熱器を使うが、もったいないのでめったに使ったことはないという。やかんは無い。三和土の隅にあるみかん箱の中からみちは鍋とアルミの洗面器を取り出した。両方に水を汲んできて、鍋を電熱器にかけた。

みちは妙子が疲れただろうとふとんを敷いて横になるように勧めた。昼間からふとんに横になると病人みたいになっちゃうから、ふとんに寄りかかっているのだと言う。みちはちょっと安心した。近所に心臓の悪いおじさんがいて、横になると苦しいからと積んだふとんに寄りかかっていたのを思い出したから、妙子ももしや？ と気になっていたからだ。

みちは家で妙子と並んで寝ていた二年余り前まで、何かにつけて妙子のはちきれんばかりの肉体を見せつけられ、自分の貧弱な体にコンプレックスを感じていた。だが目の前の妙子の胸はあばら骨が浮き、何かと問題の種になったあの豊満な乳房は、肉厚の袋となってひっそり下がっていた。

妙子が疲れないようにみちは急いだ。熱めの湯で固く絞ったタオルを肩から首に巻きつけ、ほかのタオルで手早く拭いていった。上が済んだら下半身も拭いた。汚れた下着類はみちが持ち帰って洗ったのを次に来るとき持ってくるからと妙子に言った。妙子は辛そうな顔をしたが、わるいわねとだけ言った。そして体の片側の畳に両手をつき、体を起して壁にすがるようにして立ちあがった。

「一緒にいこうか?」

「これができなくなったらここに住めなくなっちゃうからね」軽く壁を伝いながらゆっくりドアの外へ出ていった。

その間に、みちは後片付けを済ませ、妙子の床をとった。今日は特別疲れただろうから横になりなさいと無理やり寝かせた。駅前まで買い物に行ってくるからと妙子に告げてドアを開けたとき、まるで合図を受けたかのように前の部屋のドアが開いた。さきほどの男が出てきた。みちはあいまいに会釈をして、建物を出た。すると男も後ろから続いて出てきた。男はみちの横に並んで歩きだした。

「あんた、あの部屋の人の親類かい?」無遠慮にみちの顔を覗き込みながら訊いた。

「はい、妹です」

「なんだ、身内がいたのか」

「これからはわたしがときどき来て面倒を看ます。ご心配をかけてすみませんでした」

「そうかい。当番の便所掃除もやっちゃくれねえし、弱ってたんだ。今度あんたに頼むからよ」男はみちの向かっている方向から逸れて離れていった。

みちは妙子の元に早く帰りたいと大急ぎで買い物をした。駅前の商店街で、やかんやチリ紙、化粧品店で妙子のための下着、化粧水、乳液を買った。パン、バナナ、ジュース、缶入りドロップなども買った。

戻ると妙子は眠っていた。みちは妙子の寝顔を見ながらつぶやいた。ずいぶん苦労をしたんだね。結局マスターには逃げられて。

みちは帰りの電車の中で、今後のことを考えた。父と母には当面秘密にする。まずチエに相談し、真紀子の力も借りなければできない。

チエは出かけたらしくまだ戻っていなかった。母もいない。日曜日はほてい屋も普段よりはかきいれなのでまだ当分帰りそうもない。父が仕事を仕舞うまであと二時間ちかくある。父の仕事場の仕切りの障子が開いていたので、久しぶりに父の仕事を眺めていた。のこぎりを引いたり、かんなを掛けたりする音がなく、今日は静かな仕事場である。作る物によって、釘を使ったりにかわで張り付けたりもするが、今日はそのどちらでもない。ノミ一本で、二枚の板にほぞを切って、その凹凸を組み合わせる方法だ。木くずをフッ、フッと吹き飛ばしながらノミを進めていく。一ミリの狂いもないからぴたりと組み合わされる。こういう仕事をしている父はとても冷静沈着に見える。でもふだんは分からず屋で、相手のことなどおかまいなし、という人だ。

父は妙子を見かけた人がいると聞いて探しに行ったくらいだから、妙子の今の状態を知ったらすっ飛んで行って連れ戻すだろう。相手のことは考えないで自分の考えどおりに事を進めようとするにちがいない。父の進めようとすることを妙子が嫌うのはみちにはよくわかっている。だからもう少し時間がほしい。

母に内緒にしたい理由は、みち自身にもはっきりしない。母が洋さんとの息の合った日々を守るために、妙子に何かを仕掛けるのではないかという懸念といったようなものかもしれない。

一時間ほどしてチエが帰ってきた。

みちは妙子を訪ねたことをチエに話した。父の仕事場から台所は離れているのだが、それでも内緒話をするように耳元で話した。チエは深刻な顔で話を聞いていた。

「妙子姉ちゃんバカだよ。そんなになっちゃうなんて。そりゃいい暮らしはしてないかもしれないとは思っていたけど、でもいつもの妙子姉ちゃんらしく男にもてて、ぱあーっと輝いている姿しか想像してなかったもん」チエは悔しそうな顔をした。

「そう。みるかげないの。それでね、体が衰弱しているから、医者に連れていきたいんだけど、どうしてもいやだってきかないのよ。もし厄介な病気にでも罹っていたらそれこそ大変だし。毛先生、往診してくれないよねえ」

「えッ、毛先生？」チエは虚を突かれたようだった。

チエが勤めている産婦人科医院を辞めたいと悩んだとき、半年頑張ってみろと母に諭された。あれからまだ二カ月ばかりしか経っていないが、チエは精神的に安定しているようにみえる。あのころは仕事のことを訊いても、首を振るだけで答えようとしなかった。最近ではごく自然に、新しく入ってきた看護婦のことも話した。仕事のことに触れて出てくる毛先生というときの響きにも、嫌悪感は感じられなくなった。

「そうねえ、それとなく持ちかけてみるよ」チエが自信なげに言った。

次の日、みちは仕事帰りに真紀子の家に寄った。真紀子の家は川崎駅からバスに十五分ほど乗った、郊外の寺の隣に転居していた。道路から引っ込んで建てられたしっかりした構えの平屋だった。突然の訪問に真紀子は硬い表情でみちを迎えた。すべての事情を話したあと、みちは真紀子に頼んだ。

「妙子姉ちゃんの体が良くなるまで、真紀子姉ちゃんの家に同居させてもらいたいんだけど。もちろん、日曜日にはわたしやチエが来て、できるだけのことはします」

すると真紀子はすまして言った。

「三畳の部屋が空いているから使ってもいいし、食費もいらないわ。その代わり、三度の食事の支度と家中の掃除をしてもらいたいのよ」

「ちょっと待って。妙子姉ちゃんにそれをやれっていうの?」

「そうよ」

「できるわけないじゃない。妙子姉ちゃんは」と言いかけて、みちは言い方を変えた。

「いまは無理だけど動けるようになったらわたしから話してみるから」

「いまじゃないとだめなんだよ。あたしね、編み物の機械買ったから編み物の先生が仕事をどんどん回してくれるの。断るわけにいかないから、朝から仕事やりっぱなしよ。だから家のことをやる時間がなくて困っているってわけ」

「そこを何とか、半月でもいいからお願いしたいの。お願いします」

ひたすら、お願いしますと頭を下げた。

「だいたいね、父さんにも母さんにも内緒だとはどういうことよ。すべて実家がやればいいことじゃない」

「妙子姉ちゃんは体さえよくなれば駄菓子屋でもやって、生活しようと命を削るような思いでお金を少し貯めたらしいの。だからいまみんなで助けてあげれば何とかなると思うのよ」

「じゃその貯めたお金で何とか体を治せばいいじゃないよ」

「それじゃあ、あまりに妙子姉ちゃんがかわいそうよ」

「とにかくね、妙子が家に戻れば解決することなのよ」

「でもそうすれば、父さんは洋さんと結婚させようとするだろうし、妙子姉ちゃんにはその気はないんだから、戻れるわけないじゃない」

「妙子にその気がなくても、洋さんは結局妙子が帰ってくるのを待ってるんでしょ。母さんなんかに手伝わせてさ。この際妙子も体を壊しちゃったんなら意地を張らずに戻るしかないんじゃないの。とにかくうちは無理だからね」

「わかった。でも一度だけ妙子姉ちゃんを見舞ってくれない？　わたしと一緒に」

「そうね」

真紀子があっさり同意してくれたので、みちはすぐ待ち合わせの日時を決めた。

相鉄線星川駅改札前で、みちは真紀子と二時に待ち合わせた。時間前に着いて待っていると、真紀子が横柄な態度で駅員に切符を渡して改札の外へ出てきた。クリーム色の麻のニットスーツを身に着け、相変わらずこぎれいにしている。みちが手を挙げると、しぶしぶ口元をゆるめた。

「きてくれてありがとう」みちが先に声をかけた。

「ずいぶん田舎だねえ。そういえば思い出したわ。この線、母さんに連れられて、二度買い出しに来たところよ。父さんの作った下駄と枡を持ってね」

みちは真紀子にいつになく親しみを感じた。

そのころのことだと思うが、よく妙子が埼玉へ一人で買い出しにやらされた話をしていた。そこは父の在所で、父に初めて仕事を仕込んでくれた親方の家だった。十二、三歳の女の子が横浜から一人で、米を譲ってくださいと訪ねてくれれば、仕方なく毎回すこしでも持たせてくれたらしい。でも、妙子は行くのがいやでたまらなかったと話していた。

妙子のアパートの前に立った時真紀子は不快そうな顔をした。かまわずみちがドアを開けて入ると、真紀子も続いて入ってきた。妙子の部屋のドアをいつものように静かにノックしてから先に入り、真紀子を招じ入れた。真紀子は三和土に立ち尽くしている。

「真紀子姉ちゃんが来てくれたのよ」とみちが妙子の耳元でささやいた。妙子が起き上がろうと腕をばたばたさせたが、体は動かなかった。みちが手を貸して布団の上に坐らせた。寝たままでもいいのだが、妙子が嫌がると思ったからだ。

真紀子がささくれ立った畳の上を爪先立ちで歩いてきて、妙子の前に坐った。

「体壊しちゃったんだってねえ」

「うん、ちょっとね」

「いつごろからこんなふうになっちゃったの」

真紀子は妙子から視線をはずして、蔑んだような表情でがらんとして殺風景な三畳間をひとわたり眺めた。

「まだそんなに経っていないんだけどね。もうそろそろ起きようと思ってるの」

「あ、そう。あたしねえ、忙しいもんだから、妙子に手伝ってもらいたいと思っていたんだけど、ちょっと無理だね」

「今日、明日と言われても無理だけど、一週間もすれば大丈夫だと思う。でもね、今は休んでいるけどあたしも勤めがあるから、姉さんの仕事は手伝えないと思うわ」

みちは真紀子と妙子のやりとりをドキドキしながら聞いていた。

「じゃあ、体の調子がよくなって、その気になったら、みちに言って。お大事にね」

持参のバナナらしい果物屋の包みを置いて、真紀子は立ちあがった。みちは妙子を支えていた腕を大きく曲げながら妙子を寝かせた。

そこまで送ってくるから、と真紀子の後を追った。真紀子はちょうどアパートのドアを出るところだった。

「結局、真紀子姉ちゃんは、妙子姉ちゃんを見捨てるわけね」

「人聞きの悪いこと言わないでよ。妙子だって自分で蒔いた種だから、自分でやるしかしょうがないでしょ」

みちには真紀子が妹のことを心配してくれるような人ではないとの認識はあったが、本人の窮状を目にすれば少しは変わると思ったのだった。

真紀子を駅前へ通じる通りまで送って、みちは妙子の部屋へ引き返した。

あの人は、妹の窮状を前にしても、自己中心的にしか物事を考えない。妙子に掃除、洗濯、いや洗濯は言わなかった。掃除と、三度の食事の支度をしてもらいたい。そのかわり、三畳の部屋は使っていいし、食費はいらないと言う。世間では、それに加えて給料を支払うものなのだ。恩着せがましく言われる筋合いのものではない。洗濯といえば、まだ三十軒に一台ぐらいしか普及していないといわれている電気洗濯機が、真紀子の家にあったのをみちは思い浮かべていた。と同時に、母が洗濯をしている姿も繋がってきた。薄暗い風呂場で、タライに洗濯板を斜めに掛けて、父の仕事着やシーツなどを力を込めてしごいている。

みちは先ほどの姉たちのやり取りを聞いていて、妙子にまだ意地が残っていたのがうれしかった。

部屋に戻ると、妙子は目をつぶっていた。

次の日、みちはチエを連れて妙子のアパートへ行った。アパートに入るとき、チエはみちの手を握って離さなかった。妙子の部屋のドアをノックしたとき、チエの手の

ひらから、かなりの汗が噴き出たようにみちは感じた
　ドアを開けて靴を脱ぐとき、みちはチエの手を離そうとするのだが、チエの手が食い込むようにみちの手をとらえて離さない。みちとチエは手をつないだまま、部屋に上がり妙子の前に坐った。チエは目をぱちぱちさせて、妙子を見たまま何も言えない。

「チエ！」妙子が笑いをこらえて呼びかけた。

「はい」

「安心して、幽霊じゃないから」

　チエは笑ったつもりのようだが、泣き顔だった。

「さあさあ、今日は女三人で楽しくやろうね。その前に、チエ先生の診察があります。いいですねッ」

　みちは妙子の目をじっと見ながら言った。

「ええ」妙子が素直にうなずいた。

　チエは手提げ袋から日頃身につけている白衣を取り出して着た。体温計を妙子に渡して、促した。

「咳やたんは出ますか？」と訊き、出ない、と妙子が答えると大きくうなずき、メモ

を見て確かめながら結果も記入した。足を指で押してみたり、横っ腹を両手で押したりもした。おもむろに妙子の脈を取り始めた。みちは笑いそうになるのをこらえた。「失礼します」と言いながら、チエが妙子の寝間着の胸を広げた。首から肩、背中を撫でまわした後、妙子の片方の乳房を両手で包みこんだ。

「このオッパイが元通りに膨らめば、体はすっかりよくなります。頑張るんだよ」と言った。とたんにみちが、毛先生みたいと言って吹き出し、チエと妙子も笑った。まだ笑う力が残っていたんだと感心するような妙子の笑いだった。

みちとチエとで妙子の体を清拭した。二人がかりだから手早くきれいにできた。電熱器にかけておいた湯で、お茶を入れ、大福を食べた。妙子はほんのまねごとていどしか食べなかったが。三人だと力強くて元気になれる。

みちとチエが都合をつけあって、一日おきの仕事帰りに妙子のアパートへ通った。そのために勤めを休むことはなかったが、夜学は時々休んだ。

もちろんみちとチエには妙子を医者にかける余裕はない。ただ身の回りの世話をするだけだった。妙子は少し元気になったように感じられるが、体そのものが良くなっているのかどうかはみちにもチエにも分からなかった。

みちが二十分の休憩をとるため、相変わらず足元だけを見ながら交換室を出てまもなく、小谷民子に呼び止められた。民子はみちに目配せして、屋上への階段を駆け上った。みちも後に続いた。二十分の休憩時間は短い。二人は付帯設備の縁がコンクリートの長椅子のように張り出している所へ腰かけた。てっきり民子はみちの処分のことで話に来てくれたのかと思ったが、そうではなかった。

「あなた、運用主任席でギャーギャー大声で私用電話をしてたんだって?」民子が、ほんとう?　と問う眼をしている。

「ギャーギャーと言われればその通りだったかもしれない。二年以上も行方不明だった姉からの電話で、それも息絶え絶えのように話すから、どうしても住所を聞き出そうと夢中だったの」

「そういうことかあー。よほどのことがなければ、仕事中にかかってきた電話は取り次がないことになってるでしょ。だから贔屓してるって、単純に一部の人が騒いでいるわけなのよ。電話を取ったのは三村先生らしいんだけど、あなたのお姉さんだからじゃなくて、相手が切羽詰まっていたから取り次いだのよ、きっと」

「また迷惑かけちゃったのね。でも何と言われようと、あの時の電話で姉の居所も分かったし、今助け出しつつあるんだから、有難い配慮だったと感謝しているの」

「山ちゃん大丈夫よ。いくらそんなふうに騒ぐ人たちがいたって、同じ場所に他の人たちもいたんだから、山ちゃんの切迫した状況は分かる人には分かっているはずよ」

「ありがとう」と言いながら、まだみちは民子が自分のことに触れてくれるものと待った。

「そろそろ時間ね」民子が立ち上がった。

「一つだけ教えてくれない。三村先生の処分はまだ決まってないの？」すがるようにみちが訊いた。

「それは私からは言えないわ。ごめん」

慌ただしく民子と別れ、自分の交換台に戻ったのは時間ぎりぎりだった。交替者は素早く立ち、隣の座席の人に、今から二十分の休憩をどうぞ、と言っている。

小谷民子に会ってから四、五日経ったある日、三村奈津子の運用主任席に見たことのない大柄な女性が坐っている。みちはイヤな予感がして、隣の座席の先輩に訊きたいが迷惑がかかると思って、独りごとのように「あの女の人は誰なんだろう」と、小声で言った。

「三村主任は○○局に転勤になって、あの人が今度の運用主任よ」先輩も小声で答えてくれた。

その局は、丹沢の麓の街にある。そんな遠くに飛ばされてしまったのか。三村先生はわたしに一言も言ってくれないで去ってしまった。いや、わたしが自分の処分や、家族のことにかまけて、交換室内のことに気が回らなかったから、先生が出していたサインに気付かなかったのかもしれない。悔やまれてならなかった。

仲間外れが始まって一カ月が過ぎた。みちがいつものように更衣室へ行ったとき七、八人の交換手が着替えていた。習慣だったので答えてくれなくても「おはようございます」と言った。それは蚊の鳴くような声であったにもかかわらず、みんながみちの方を見て一斉に「おはようございます」と言ったのである。慌ててみちはもう一度はっきりとあいさつをし直した。交換室へ行っても顔が合う人ごとにあいさつを交わした。もう足元など見てはいられない。

みちへの処分の期限が終わったのだと悟った。

元の生活に戻っただけなのにみちは、こんなにもたくさんの人の顔を見て、言葉を交わしていたのかと、気の遠くなるような思いだった。

そんな慌ただしさの中で迎えた日曜日のことだ。チエに買い物に行こうと誘われた。日盛りだったが何か話があるなと察しられたので、みちは素早く着替えて一緒に外へ出た。みちの日傘に二人で入って向かったのは阪東橋だった。歩き回るより、橋の欄干にもたれて川を見ながら話すのが二人とも好きだった。欄干からの眺めは気持ちがいい。

「妙子姉ちゃんのことだけど、父さんと母さんに話した方がいいんじゃないのかなあ。どんなことしてもあたしたちには妙子姉ちゃんを医者にかけられないもの」

みちはチエと同じことを考えていたが、あと一歩のところでためらっていた。しかし妙子のアパートへ行って世話をするようになってすでに一カ月は経つ。悠長にはしていられない。チエの言葉で、心が決まった。父と母がどのように出るかは話してみなければわからない。急がなければならないのは、チエの言うとおり妙子を医者にかけることだ。

「あんたの言うとおりだよ。こうなったら早い方がいいから今日、父さんのお茶のあとに話し合おう」

チエは呆気にとられていたが、みちの表情に緊張感が広がりはじめたので、うん、とのみ言った。

三時の父のお茶のあと、みちは神妙な顔をして父に言った。

「父さんと母さんに聞いてもらいたいことがあるんだけど」

言ってみろ、というように父が顎をしゃくった。

みちはほとんど事実どおりに、かいつまんで話した。隠しだてして悪かったけど、それは、二年以上も行方が知れなかった妙子姉ちゃんが、どんなふうにしているかつかんでから話そうと思ったからだと言い訳をした。妙子がお金を貯めていることは言わず、当座の生活費はあるらしいと言い換えた。

「そんな体じゃ、いま家へ帰ってもらうわけにゃいかねえな。こんな狭い所に病人がいたんじゃ仕事にならねえ」父はまるで他人事のように言った。

父の隣に坐った母が言った。

「勝手に出て行っちまって、体を壊したからってどの面下げて帰ってくるっていうんだい。あたしはねえ、妙子は山で遭難したと思って諦めていたんだよ」

「妙子姉ちゃんが帰りたいと言ってるんじゃない。いまさら帰れないと言ってるの。

でも今度だけは助けてあげて。医者に診せてあげてよおー」

「妙子姉ちゃん、高い所に小さな窓があるっきりの牢屋みたいな部屋に、一日中一人で壁に寄りかかっているの。すごく可哀そう。手遅れにならないうちにお医者にかけてあげてください」チエがぺこりと頭を下げた。

「妙子も自分で決めたことだから、人を頼ろうなんて思うめえよ」

父が逃げている。逃がすものかと、みちは思う。

「それは理屈でしょ。でも妙子姉ちゃんはもう限界を超えてるもの。手を貸してあげなかったら死んじゃうよ。医者にかけてあげなきゃあー」みちは退かなかった。

「親に指図をするほどおまえは偉いのか」

「子の難儀を親が見て見ぬ振りをするのはね、死にかけているけどまだ息をしているわが子の顔に、手ぬぐいを被せるようなもんだよねッ」

母の両肩が跳ね上がって、硬直した。二歳で亡くした信夫のことと判ったのだ。

みちは自分の言ったことに父も反応することは予想できたので、父から目を離さなかった。父が腰を浮かしたとき、みちも膝の向きを横へずらした。

「なにおー」うめくような、ドスの利いた声で言うなり、ちゃぶ台を蹴り上げた。湯呑茶碗や急須が四散し、ちゃぶ台がみちの方に飛んできたが、その前にみちはウサギっとびのように飛び退いていた。

ちゃぶ台が部屋と仕事場を仕切る障子に当たり、桟をへし折った。誰も転がったちゃぶ台を起こさず、元の場所に坐った。

母が泣いている。理由は言わない。でもみちには分かっている。チエが母を守るように体をしっかりと寄り添わせている。

つと上げた母の顔にもう涙はなく、強い決意が現れていた。

「あたしが妙子を看てもいい」

まさか？　とみちは思い、自分がいままで緊張していたから、聞き違えたのかもしれないと疑った。少し前にどの面下げてと口汚く言った母が、自分が妙子を看てもいいと言っている。本当だろうか。

「うちには連れてこられないけどね、どこか近くに部屋を見つけて、あたしが通う。自分の子を二人も死なせたくないからね」

父が猜疑の眼で母の方を窺っている。

「父ちゃん！　ほてい屋でもらった給金をあたしは一銭だって自分のために使っちゃ

いないからねッ。全部父ちゃんに渡してる。でも今度だけは妙子を医者に診せるために使わしてもらうよ」

「勝手にしろい」父は転がったままのちゃぶ台を避けて仕事場に下りた。

みちも母のそばに寄り、「母さんありがとう。ほんとにありがとう」と、繰り返した。

「まだこれからだよ」母は苦笑した。

チエが転がったものを片づけている。

「じゃ、あたしはほてい屋に戻るからね」

「洋さんにこのこと話すの？」

「いずれはね。でも今日のところはまだまだ」

「いってらっしゃい」チエが片づけものを台所へ下げるついでに母を見送った。

みちも台所へ降りて、そのまま外へ出た。両手を挙げて大きく息を吸い込んだ。洗濯物が乾いて揺れている。早速、三本の竿が渡してある物干し台の、上の竿から三叉で順次下ろして、洗濯物を取り込んだ。妙子のものも混ざっていた。母に気付かれないように、いままでずいぶん気を使ってきたが、もうその必要はないのだ。

母は、妙子の住まいのめどがついてからでないと妙子に会いに行かないと言った。

知り合いの、また知り合いが、古い貸家を持っていると聞いていたのでそこを当たってみると言う。結局、三軒長屋の左端が空いていたので決めてきたと晴れ晴れした顔で帰ってきた。

みちが母を妙子のアパートへ連れていったのは、父のちゃぶ台返しがあった三日後だった。妙子はみちと一緒に来た母を見て、「母さん」と言って絶句した。叱られた子どもがする、すねたような、許しを乞うような顔をした。

「おまえ本当に妙子かい？」母はまんじりともせず妙子を見ている。

妙子が頷いた。

「うちは狭いから、おまえが住む家を見つけておいたからね。食べるものも徐々に馴らしていかないと体が受けつけないんだよ。そういうことは、あたしが通ってやってあげるから安心おしよ」

妙子は身震いするように、頭を小刻みに震わした。それはできないということのようだが、それも止まり、うなだれた。そのあと「よろしくお願いします」と、はっきり言った。

妙子を新しい住まいへ連れてくることを、母がすべて一人で段取りをつけた。材木屋の旦那に頼みこみ、手の空いている若い衆にライトバンを運転してもらった。妙子を後ろの座席に寝かせ、母が助手席に乗って、わずかな荷物も一緒に戻ってきた。

妙子のために借りた家は、みちの家から歩いて六、七分のところにあったが、みち一家の生活圏と違うため、顔見知りはいなかった。三軒長屋の左端の家は、六畳と、三畳ぐらいの土間がついている。古い家だが、下町の気安さが感じられる。

座敷の奥に土間にスノコを敷いた台所があり、手洗いがある。妙子は自分専用の手洗いがあることに思いがけないほど喜んだ。家賃も今まで借りていた星川のアパートより少し安いと言った。

母は妙子の家に毎日通った。ほてい屋へはぷっつり行かなくなった。

妙子が引っ越してきてから三日目、みちは年次休暇をとったので、朝母が妙子の家へ行ったあと、自分もやってきた。妙子の家の前に見慣れたリヤカーがあった。むしろが敷かれ、大ぶりの座布団が置いてある。

目を見張っているみちに、母は、これから妙子を大澤先生に診てもらいに連れていくんだよと言った。

「リヤカーに乗せて？」みちは大仰に驚いてみせた。

「リヤカーは便利なもんだよ。材木屋に行くにも、削り屋に行くにも使える。人間を運ぶことなんか造作ないことさ」

母は家の中に入って、しきりに妙子を促している。妙子は尻ごみしているのだ。母の地味なゆかたを着せられて、薄いショールを羽織っている。妙子はリヤカーのどちら向きに坐ろうかと迷っているので、みちが、進行方向を向いているとまともに人の目に会っちゃうよ。後ろ向きがいいんじゃない？　と勧めた。

「なんだか、罪人みたいね」と言いながらも妙子は後ろ向きに坐った。母が日傘をさして妙子に渡した。

発車しても、小石に乗り上げ、窪みに落ちて、ガタガタ揺れる。片手は日傘でふさがり、もう片方でリヤカーにしがみついている妙子は痛々しかった。

妙子は人が変ったようにおとなしく、母の言いなりになっている。母は母で、新所帯をやりくりするように、着々と妙子の城、いまや母の城を築いている。

みちは部屋の中を見回して、それにしても、なんだかだと言いながら、よくも父に小物を作らせたものだと感心した。

観音開きで、中が三段に区切られた小ぶりの戸棚、一番下は横に二つの引き出しがついている。衣類の整理はこれで十分だ。それぞれ深さの違う五段の引出箱。小物の整理、書類入れにいい。踏み台にも、椅子にも物置台にもなる木目のはっきりした軽い台がある。折りたためる小ぶりな四角いお膳もある。台所に小さいが茶ダンスまである。ただしこれだけは古いものだ。もらいものらしい。

二時間ぐらいして、母の声がしたので、みちは外へ飛び出した。瞬間、母と妙子の表情を盗み見た。とげとげしたものはなく、母はほっとした様子をし、妙子は放心したような顔をしていた。

リヤカーから下りるとき、みちが手を貸し、妙子はそのあと、一人で歩いて敷居をまたいだ。重い荷物を下ろすように、上りはなへ腰を下ろした。一刻も早く横になりたいのか、這いずって、ゆかたのまま布団にもぐりこんだ。

リヤカーを土間に入れた母が座敷に上がってきた。

母の話では、大澤先生は、妙子の脈をとり、聴診器を胸から背中に丁寧に当てた。爪を押したり、口の中を見たりした。ベッドへ寝かせて腹も探った。

病名は極度の過労と栄養失調だという。栄養のある消化のいいものを、よくかんで、ゆっくり食べなさい。寝てばかりいないで、一日に二回以上、家の周りを歩きなさい、などと言われたという。

「肺病にでも罹っていたら厄介だと心配してたが、よかった、よかった」母はちょっと興奮ぎみに言った後、部屋の奥の隅へなんとも言えないやわらかいまなざしを向けた。みちは奇異に感じて、母の視線の先を見た。ただ古い小さな木の箱があるだけだ。母のあんなに優しい顔を見たことがなかった。

買い物に行ってくると母が出かけたあと、みちは妙子の顔を覗き込んで話しかけた。

「ねえ、あそこに何かあるの？　さっき母さんが、とっても優しい目でじっと見ていたけど」

「う、うーん。母さんが時々、ふうっとやわらかい感じになって、あそこを見るのを不思議に思っていたのよ。でも、あたしに対してではないのははっきりしてた。あるとき、母さんがぼそぼそ独り言を言っていたのを目を瞑って聞いていたら、のぶお、ってはっきり聞こえたの」

「ああ、ここは信ちゃんの家でもあるわけだ。そしたら母さんの張り合いも違うよね。ごめん、ヘンなこと言っちゃって」

母にとって、妙子を救うことは、信夫を救うことでもあるということが、みちには納得できた。

妙子のことがあっても、みちは週に一日休む程度で夜学へは行っていたが、部活はずっと休んでいた。チエはとっくに部活に復帰して、毎日帰りが遅い。妙子のことも落ち着いたので、今日の部会は出ようと、朝家を出るときから決めていた。

授業が終わり、部室へ真っ直ぐ向かった。部室のドアを開けると、真正面に顧問の武藤研一が坐っている。部員も七、八人は集まっていた。

「何しにきたッ」

鋭く冷たい武藤の声が響いた。背中の凍るような、身の縮むような怖さだった。みちは、何か言おうと思うのだが、声が出ない。部員もしーんとして、共に俯いている。みちは黙って部室を出ようと思った。一礼して、ドアの方へ向き直ろうとしたとき、肩を抱えられた。部長の木内純江だった。そのまま後ろの方の椅子に坐らされる。

武藤は怒ったような表情ではあるが、先ほど見せた冷たさは消えて、いつもの自信に満ちた落ち着いた顔に戻っていた。

「山下は部活を安易に考えている。自分の方に事情があれば、休んでもいいと思っている。どうして誰かにことづけなかったのだ。君にとってその程度のものなら、なにも無理して文芸部にいる必要はない。そんなお客さん気分ならもっとらくにできて、面白い部が他にあるだろう。ここを出て行ってくれて結構だ。だがもし本気で書きたいと思うなら、言い訳しないで、逃げないで、自分自身と向き合ってくれ。ではこれから部会を始める」

司会の木内純江から秋の文化祭の取り組みについて提案があった。みちは俯いて聞きながら頭の中は先ほどの凍るような怖さを反すうしていた。その後で、今度は悔しさが込み上げてきた。

たしかに妙子のことに夢中だった間、文芸部のことを思い出したことはなかった。だからって、あんな言い方をしなくてもいいじゃないか。けれど、もし今日、木内部長がとりなしてくれなかったら、わたしはあのまま部室を出ていくしかなかった。そうしたら、文章を書くなどということはもう縁のない生活になるはずだった。良かったのか悪かったのかは分からないが、今はやはり書きたい。書きたいことがたくさんある。スト破りをしたこと、その後の仲間外れ。二年以上も音信不通だった妙子から電話があり、救い出すことができたこと。三村先生が左遷されたこと。みんなこの一カ月半に起こったことだ。

大澤先生に言われたように、妙子は食べ物をよくかんで食べ、家の周りの散歩も慎重に実行した。半月位したらもう一度診せてくださいと言われていたので、リヤカーではなく母と妙子はゆっくり歩いて大澤医院へ行ったそうだ。もうここへは来なくていいよ。そのかわりわたしは毎週日曜日の朝八時ごろ散歩で角の神社まで行くから、あんたもしばらくは付き合いなさいと言われたという。

日曜日の朝八時に妙子は神社に行った。大澤先生は妙子とゆっくり境内を歩き、世間話をしたそうだ。その話を聞いてみちは大澤先生の好意が痛いほど分かった。診察しなくても先生には妙子の体の状態は分かるのだろう。妙子にも先生の配慮は分かっているらしく目が潤んでいた。

妙子の話では、母は毎日家の片づけを済ませると、妙子の家にやってきた。食べるものや、洗濯などの世話をやき、昼前にいったん家に帰る。昼食を済ませ、三時のお茶の準備をして、また妙子の家に戻ってくる。夕方五時前には家に帰るので、かなり忙しい。それでも暇をみつけては、母は妙子をリヤカーに乗せて、路地から路地を歩くそうだ。最初のうちは俯いてばかりいた妙子も、最近では家々の玄関の横に並んでいる鉢植えの花を眺めたり、リヤカーを引く母の頭上に広がっている空に見入ったりするという。人のぎょっとしたような視線に出会ったこともしばしばだったが、そんなとき母はキッと睨んで、相手を俯かせた。

一カ月半も毎日顔を合わせて暮らしているのに、みちが見るかぎり母と妙子の間にほてい屋の話はたまに出ても、直接洋さんのことに触れることはなかった。妙子は自分から洋さんの元を飛び出したので、もう洋さんのことは関係ないという態度をした。母は母で、妙子がいなくなったからこそ洋さんの仕事を心おきなく手伝えた。だから妙子になんとなくバツが悪いと思っているのかもしれない。

今日は父ちゃんが寄り合いで帰りが遅いからと母はいつもよりのんびりしていた。そこへ学校を早びけしてきたみちが寄った。日曜日には顔を見せるが、学校帰りに寄ることはめったにない。

「まだ母さんいたの」

「おまえも早いね」

「母さんがこのところほてい屋へ行かなくなったので、洋さんいろいろ苦労してるらしいよ。妙子姉ちゃんが帰ってきたことも言ってないんでしょ。あたしからは何も言わなかったけど」

「事情があるのでしばらく休ませてくださいとは言ってあるよ」

「いろいろ話してて洋さんが言ったことなんだけどね、例の床屋のお姉さんまた、毎日のように来るようになったらしいのよ。最初カウンターをくぐって入ってこようとしたんだけど、洋さんが塞いで動かなかったらコロッケ二個買って帰ったんだって。毎日くるけど毎日コロッケ二個買って帰るんだってさ。恋敵がいないもんだからねばってるんだね」

「恋敵って？」妙子が聞きとがめた。

「何バカなこと言ってるんだよ。あたしはね、ほてい屋へ行くより妙子の家に来た方が面白いんだよ。それに妙子もまだ一人で何もかもはできないしね」

みちは内心、洋さんに甘えてあんなに熱くなっていたときもあるのによく言うよと思っていた。

何を感じたのか、妙子は俯いていた。しばらくして、突然顔を上げた。

「母さん、あたし無性にコロッケが食べたくなっちゃった」と言ったのである。

「もう火も落としちゃっただろうし、あったとしても冷たくなった残り物のコロッケだろうけど」

「それで十分よ」

「じゃあ大急ぎで行ってくるよ」

ものの十五分も経たないうちに、「妙子、妙子！　コロッケあったよ」母が走りこんできた。

「ああ、よかったッ」妙子は母が新聞紙でつかんで持ってきたコロッケを、皿にも移さず手づかみでかぶりついた。そして、しみじみとした様子で噛みしめていたが、半分位食べたところで、思案顔になった。母がそのくらいでやめといたほうがいいよと言うと、素直にやめた。

「母さん、おいしかったようー」

母はうん、うんと言いながら、残りのコロッケを小皿に受けとり、妙子にチリ紙をわたした。

満ち足りた妙子の顔が少し緊張した。玄関の方を気にしている。

「母さん、玄関に誰かいるんじゃない？」

母はいきなりガラス戸を開けた。

「おや、洋さん、あたしをつけてきたのかね」不機嫌な声だった。

「いや、そんな。俺が売れ残りのコロッケで晩飯を食おうとしてたら、いきなりおばさんが飛び込んできた。コロッケつかんで走り出したから、何事だろうとついてきただけなんだ」

洋さんと妙子が顔を合わせた。妙子は洋さんをじっと見ていたが、洋さんはしどろもどろに「そ、そういうわけだから、また出直してきます」と言うなり走り出した。

母と妙子は顔を見合せて、どこか破けてしまったようにだらしなく、いつまでも笑い続けた。


三村奈津子のいなくなった局は色あせて魅力のないものになった。

みちはもう声を聞くこともできないのだと思った瞬間、汗が噴き出し、その先の淵を覗くのが怖くて考えるのをやめることがあった。そんな日を重ねながらも、どうしても会ってお詫びをしたいという気持ちが強まるばかりだった。

また小谷民子を煩わして、三村奈津子の自宅のある場所を調べてもらった。

そして丹沢の麓にあるその街を訪れた。あらかじめ連絡をとらなかった。断られては困る。突然訪ねて留守ということも考えられるが、断られるよりまだ道が残る。三村奈津子の家はこの街にはざらにある古いしもた屋だった。表札には姓だけ二行に書いてある。「三村」「糸川」みちはあれっと感じながら、三村先生の独り住まいと思いこんでいたため、それ以上のことに考えが及ばなかった。

呼び鈴を押すと、「はあーい」と返事があった。だが三村奈津子の声ではない。はやくもみちは狼狽し、やがて寄る辺ない気持ちになった。

ドアが開いて顔を出したのは三村奈津子ではないが、みちの知っている人だった。みちが突然訪ねた非礼を詫びる言葉を、もごもご述べていると、後ろから出てきた三村奈津子が大きな声を出した。

「山下さん！　よくいらしたわねえ。どうぞ、どうぞ上がって」手をとらんばかりだった。

玄関から続いている洋間はゆったりとして、大きめのテーブルがみちの気を引いた。勧められるままに腰をおろした。三村が糸川を「糸川けいさん」と、みちに紹介した。みちは他の課の交換手である糸川とは口をきいたことはなかったが、寡黙で色白の彼女が、いつか食堂で三村奈津子に弁当を渡していた人だと気がついた。三村奈津子の周りを衛星のように回っている人たちの陰に隠れてしまっていたが、こんなに近い人だったのか。

みちが持参したケーキを、糸川の入れてくれた紅茶で食べながら、三村は絶えず楽しそうに話していた。みちが三村に話したいと考えていたようなことは、ひとことも口に出せなかった。

三村が五歳くらい年下の糸川にものを頼む様子は「けいさん」と言っているのに「姉さん」と言っているような甘えが滲んでいた。考えてみれば、料理を作ったこともなく、洗濯も母親にしてもらっていた三村が、一人で暮らすなどできるはずもないことであった。何という理想的なパートナーを見つけたことか。

糸川はぶすっとしているわけではないが、淡々とした表情でそばに坐り、ついにみちが帰るまで一言も話には加わらなかった。三村奈津子を窮地に追い込んだ人というより、大事な三村奈津子のそばを、うろうろしてほしくないという感情ではないかとみちは思った。長居をしてはいけない。三村に引き止められるのを振り切る思いでいとまごいをした。

三村と糸川に伴われて玄関にきたみちが、挨拶をしてドアを開けようとしたとき、三村がそこまで送ってくるわと素早いしぐさで下駄をつっかけた。わたしも、と糸川が動きかけたとき、三村はいいから、というように手で制してドアを後ろ手に閉めた。

三村奈津子と並んで歩いていると、これが最後の機会かもしれないと思えた。謝るべきことをきちんと謝っておかないと後悔する。

「先生はわたしのせいでこんな所にまで飛ばされてしまいました。どうお詫びをしたらよいのか判らないのですが、どうぞ、お許しください」

こう言い終わる前に、みちは三村の前に回り、深々と頭を下げた。

三村はみちの両肩に両手をかけてしばらく黙っていたが、みちを自分の横に誘い、並んでゆっくり歩きながら言った。

「あなたは自分のせいで私が飛ばされたと思っているようですけど、私は自分の信じる行動の結果こうなったと思っているんですよ。自分の取った行動にはなんの後悔もありません。私は大丈夫です。もう心配しないでください。あなたも大丈夫よね」

「はい。たった今、大丈夫になりました」

三村奈津子は深く頷いて、視線を山の稜線に移した。すでに紅葉し始めているのか、描かれている線がゆるやかにみちには映った。

「糸川さんとは、ゆくゆく一緒に暮らそうということになっていたんですよ。その時期が早まっただけなの」

「糸川さんは先生に献身的ですね」みちが思わず言った。

「私も付いてきてくれた彼女を守ろうと思っています。責任がありますから」

三村奈津子は、丹沢の麓のこの街を気に入っていると言った。

こんな時期でも露営するのか、大きなテントなどを背負った五、六人の男女が人家の前を通り過ぎて行った。

第六章　だがし屋　たえ

妙子を救い出してから五カ月余りが経つ。妙子は元気になり、自分の身の周りのことはほとんど足せるようになった。それにひきかえ、母は燃えがら、いや、消し炭のような状態になっている。一見無力に見えながら、火をつければすぐ熾るような。

自分が仕切り、妙子を庇護する立場は終わってしまったのに、諦めきれないのだ。最近、みちが妙子の家に行って気づいたことだが、以前はさりげなく隅の家具の上に置かれていた〝信夫の箱〟が、三方のような台に目立つ感じでのせられている。そして、紗の切れ端が掛けてある。妙子もその存在が特別なものに感じられて、掃除をするときはその上に布を掛けてするという。ときには三方にアメ玉が乗せられていることもある。

母は妙子の家に、毎朝一番に来て、いっときお茶を飲みながら、妙子とおしゃべりをする。〝信夫の箱〟のあたりを拭き清めて帰っていくそうだ。

母はまた、ほてい屋へ手伝いにいくようになったが、どこか身が入らず、洋さんに頼まれたことだけをのろのろやる。なおも洋さんが母を頼りにして、相談したり仕事を頼んだりすると、めんどうくさそうな素振りをするらしい。母の居心地のいい場所は、自分の家ではなく、ほてい屋でもなく、まだ妙子が病んでいたときの妙子の家だったのだ。

　みちは妙子が銭湯へ行くのに付き合った。銭湯は、みちの家と妙子の家の中間にある。それまでは、夜母が妙子を連れてきて、家の風呂に入れていた。最近は時々みちが妙子の家へ迎えに行って二人で銭湯に行くことにしている。

　みちは妙子の背中をアカすりで丁寧にこすった。妙子の背中はしっかり肉が付いてきて、みちがこすると弾き返してくる。肩も丸みをおび、乳房も息を吹き返してきた。みちが妙子の背中を洗いながら鏡に映る乳房をじろじろ見るものだから、妙子は手拭で胸を隠してしまった。

　背中を洗い終わったので、みちは妙子の隣に坐り、手ごたえの弱い自分の体を洗った。ついつい鏡の中の妙子の体に目がいきそうになるので、鏡を無視して隣の妙子の顔を覗き込んで言った。

「妙子姉ちゃん、体がずいぶんしっかりしてきたねえ」

「そう、みんなのおかげでね。そろそろ商売の準備を始めようと思っているの。父さんに土間へ置く台をお願いしに行きたいと思っているんだけどね」

みちは頷いた。

「日曜日にくれば？　みんないるから」

「うん。そうするわ」妙子は生きいきした眼で鏡の中のみちを見た。

風呂場のざわめきが、高い天井に反響して、湿気を帯びて返ってくる。疲れがとれて力が抜けていく。家では味わえない解放感だ。たまにはどう？　と、チエを誘うのだが入浴料十五円がもったいないと、いつも断られている。銭湯代二回分で蕎麦が一杯食べられる。

いよいよ妙子の独り立ちがはじまるのかと思うとみちはなんだか顔がむずむずしてきたので、あわててざぶざぶ顔を洗った。


日曜日の午後二時ごろ妙子が来た。台所の方で妙子の声が聞こえたら、とたんに父の様子がうわの空になった。後姿だがよくわかる。カンナ差に手を掛けて、あれこれカンナを選んでいるように見えるが顔をそむけている。いつ妙子が入ってきても顔を合わせないで済むようにしているとしか思えない。

いつだったか、妙子が何かの都合で昼間実家に来たことがあった。台所で妙子の声がしたら、父は韋駄天走りで仕事場から出ていってしまった。病気の妙子の受け入れを拒否したことが、後ろめたいのだ。

「こんにちは」と声をかけながら妙子が座敷へ上ってきた。

みちとチエが「いらっしゃーい」と声を合わせた。

「父さん、いつもすいません。今日はまたお願いがあってきたんですけど」

「おお」父の体は早くも草履を履こうとしている。

「父さん、お茶入れたから一服して」みちが言葉をかけても返事をしない。

「さあさあ、妙子がうさぎ屋のあんころもちを買ってきてくれたからさ。父ちゃん！」

母の一声で、鬢のあたりを掻きながら父が仕事場から上がってきた。そして一番奥の柱の前に胡坐をかいた。

「父さん、実はあたし、今の家で駄菓子屋をやりたいと思っているの。元手も少なくて済むし、日銭も入るからなんとかやりくりできるんじゃないかと、そう思って」

妙子の頼み事は玄関のところが三畳位の土間になっているので、そこへ駄菓子を並べる台を作ってもらいたいということだった。

「しっかりした寸法を出してもらわないと、その話には乗れねえな。洋にでも相談してやってみろ」

誰もが何か言わなければと思ったとき、誰よりも早く妙子が答えた。

「はい。洋さんに相談して、改めてお願いにきます」

みんな肩の力を抜き、あんころもちに手を出そうかどうしようかと迷った。父があんころもちを楊枝にさして口へ放り込み、もぐもぐしたかしないか確認できないうちに飲みごろのお茶を一気に飲み干した。父が仕事場に下り、今まで開け放していた障子を閉めた。

チエとみちは、まずはあんころもちとばかりに、きびきびとそれぞれの小皿に確保し、あとはゆっくり食べた。

「これから洋さんちへ行くの？」みちが妙子に訊いた。

「そうしたいんだけど、一人じゃちょっと」

「あたしが一緒に行くよ。まあお茶ぐらいゆっくりお飲みよ」母が支度にかかった。

妙子は母に伴われて、二年ぶりに洋さんの家に向かった。

「チエお使いに行かない？」と誘うと、いいよという答えが返ってきた。

路地を洋さんの家とは反対の方向へ歩きながら、みちは気持ちが浮きたってきた。

何よりも妙子がいそいそと商売のことを進めようとしていることが頼もしい。

「妙子姉ちゃんサ、これから苦労して駄菓子屋なんかやるより洋さんと結婚すれば確実なのにネ」

チエは小首をかしげながら言った。

「それはだめよ。妙子姉ちゃんが今やっていることは、家出をしてやり遂げようとしたことの仕上げなんだから」

「じゃ、まだ家出の続きなの？」

「続いてはいるよ。でも追い詰められていくようなものじゃなくて、根を張り出したから苦労のし甲斐があるんじゃないの」

「ふうーん。ところでみち姉ちゃんは岡さんをどう思う？」

「ええーッ。話がそんな方へいっちゃうのー？」

チエは澄ました顔でみちの答えを待っている。

「岡さんは生徒会長としても頼もしいけど、個人的にも面白い人だと思うよ」

「ああよかった！　好意を持っているのさえ分かっていればね」

何を言ってるんだか、とみちは思いながら駄菓子屋の前を通った。みちもチエも姉たちもよく通った店だった。おばさんがいつもにこにこしていて、笑っていないおばさんの顔は思い出せない。子どもだって仏頂面されるよりにこにこされた方が気持ちがいい。その点妙子は大丈夫だと思うが母が手伝うとしたら？　一瞬暗い気持ちになった。

洋さんに店の仕様を相談に行った妙子は、それだけでなく、店を開くための手続きや仕入れ方も教わり、第一回の仕入れには一緒にいってもらう約束までとりつけた。

父に頼んだ平台二台は、三畳ほどの横長の土間に真中を残して左右に据え付けられた。駄菓子を入れるガラスのふたのついたケースも三個作ってもらった。妙子が買ってきた三個のガラスビンには豆菓子、飴玉、あられなどを入れた。父の作ったガラスのケースには麩菓子、ラムネ菓子などの菓子類、メンコ、おはじきなどを入れた。ふたのない箱に花や動物の柄の布を敷き、ビー玉、コマ、ケン玉、などを配置よく並べ、当てものといわれるむきくじなどは壁につるした。

妙子の店の開店は、年を越した三月初めの日曜日である。当日、みちもチエも朝早くから手伝いに来た。もちろん母も意欲満々だが、玄関を出たり入ったりしているだけだ。

みちは開店といえば、どうしてもほてい屋が開店したときのことが頭をよぎる。近所の人たちが誰も買いにきてくれなかった、あの疑心暗鬼の日々をヒヤッと瞬間感じて、かえってひきしまるのだった。

ほてい屋開店の時は、てらさん率いるチンドン屋グループが路地まで入ってきて宣伝してくれたが、妙子の店の開店でもそれにかわる手は打ってある。みちとチエが手わけして作った手書きの地図入りのビラを、子どもが遊んでいるところで配っては、来てみてねと勧誘していた。

はたして来てくれるのか。

間もなく、ビラを握りしめた男の子が二人、恐る恐るといったようすで近づいてきた。呼び込みのような気持ちで外にいたみちは、嬉しくて、それこそ満面の笑みで迎えた。

「ビラを見て来てくれたのね。ありがとう。さあさあ、中へどうぞ」

みちの声でお客さんの来たことが分かった家の中の妙子が出てきた。

「まあ、よく来てくれたわねぇ。どうぞ入ってくださーい」

妙子の勧めで二人はすんなりと入ってきた。中をきょろきょろ見回して、少ないな、とつぶやいた。まだお店開いたばかりだから品物が少ないけど、少しずつ増やしていくからね、と、すまなそうに妙子が言った。

「オレたちがいつも行くだがし屋はすごいよー。上からもいろんな物がぶら下がっていてなかなか奥へ進めないの。それがおもしれえんだよな」

「そうそう、お化け屋敷みたいですナ」

「そりゃあ面白そうだねぇ。ま、とにかくゆっくり見て気に入ったのがあったら買ってちょうだい」

妙子は上がりはなに腰を下ろした。

座敷の方から母がちらっと覗いた。

「こんなにきちんと並んでると手を出しにくいんだよネ」先輩格の男の子が言う。

「あ、そう。選びやすいように動かしてもいいよ」妙子はあっさりそう言った。

子どもたちはそれじゃあと乗り出して、メンコを一番手前にしたり、ビー玉、コマを端にしたりと、楽しそうにやっている。

そこへ洋さんが来た。今日はほてい屋は休みとのことだ。

「おっ、いい感じじゃない」洋さんはうなずきながら見回している。

「ええ、センパイがたにご指南いただいているのよ」

「それは開店早々ついてるなあ」

洋さんは土間の隅に置いてある縁台に腰掛けて、何か考えている。つと外へ出て、出入り口の辺りを眺めだした。外にいたみちがそばへ寄って、どうしたの？　と訊いた。

「看板だよ」と言う。

一度妙子に看板はどんなのにするのって訊いたら、そういうおおげさなことは一切しないと言われたそうだ。

「でも看板はなきゃだめだ」きっぱりと洋さんが言った。

みちはめまぐるしく考えたすえ「だがしの　たえ」というのはどうかと、地面にとがった石で書いた。

「いや、ひらがなばかりだと取り止めがないから」と洋さんはみちが書いた石で地面に「だがし屋　たえ」と書いた。

まだしゃがんだまま洋さんの手元を見ていたみちに、どうかねえ？　と言った。

「いいわねぇー。子どもたちに、たえンとこへ行こうなんて言われるのね」

「早い方がいいから、おじさんに板きれ貰って、家にペンキも筆もあるからもってくる」と洋さんは駆け出した。

妙子はまだお客さんがいるので外へは出てこなかったが、みちが家に入ると、分かったというようにみちにうなずいた。

みちは台所で母とお結びなどを作っているチエに言った。

「洋さんが看板を作ってくれるって材料と道具を取りに帰ったから、チエが書くんだよ。頼むね」

「いいよ。演劇部で岡さんの装置作り手伝って、絵も字も少しは書いたことあるから」

これはすごいや、尻ごみするどころか堂々としてる。みちはちょっと焦りを感じた。

洋さんが道具を一式持っていそいそと戻ってきた。縦長の四分板で、きれいに削られている。その板にチエがまずエンピツで下書きをした。その上を一字一字筆でなぞった。「だがし屋　たえ」の看板は、ちょっと子どもっぽくて、ほのぼのした字だった。

みちが拍手をすると、みなの大きな拍手になった。

お客は、ひっきりなしというわけではないが、長引いている子もいるので、店の中には絶えず子どもがいた。四、五人まとまって入ってくると、母は警戒するような目つきで、子どもたちを見た。母に言わせると、まとまってくる場合、中にはちょろまかそうとする子がいるものだそうだ。妙子はそういう母を嫌がった。

ともかく、どうにかこうにか開店の一日も終わり、五人は小さなお膳を囲んだ。

「今日はほんとに有難うございました。なんとかやっていけそうな気持ちになりました。アリガトウ……」言葉が途切れ、俯いたまま更にお辞儀をしたので、白いうなじがすっかり見えた。

開店祝いに洋さんが酒と赤玉ポートワインを持ってきてくれていた。母は煮しめを作り、赤飯とさしみは商店街で買ってきた。

みちとチエとで色とりどりの小さな花のささやかな花束を贈った。妙子は晴れがましいような笑顔で押しいただいた。

「おじさん呼んでこようか？」洋さんが腰を浮かしたが、母が制した。

「さっきそう言ったんだけど、嫌だとさ。ひとの家で飲み食いするのは好かないそうだから」とすましている。

妙子とチエは赤玉ポートワインを少しずつ、洋さんとみちは日本酒をグラスに注いだ。母はまったくの下戸だったので、めったに売れそうもないサイダーをみちが開けて母に注いだ。

妙子の目元がほんのり染まってきた。嬉しくてしようがないようすで、両手を拝むように合わせて、その手をかき抱いた。

「あんな二円、三円の子ども相手の商売で、おまえが食べていかれるのかねえ。あれっぱかしのものを買うのに小一時間もねばられたんじゃあたまらないねえ」

いい雰囲気になってくると途端に、水をぶっかけるのはやはり母だ。合わせていた手をそのまま膝の上に置いて、妙子は真っ直ぐ頭を上げて言った。

「もちろん、あたしも駄菓子屋だけで食べていかれるとは思ってないの。もっと体がしっかりしたら駄菓子屋をやりながら合間にできる内職を考えているの」

「内職もいいけど、せっかく口に入るものを売ってるんだから、何か他の食べ物も売れないものかねえ」

みちは母の言うようなことを考えてもみなかったので、さすが母は母だと今度は感心した。

「じゃあ、コロッケをおやつとして売ればいいんじゃないか？　子どもが買えるくらいの値段のものをさ」

洋さんの提案に真っ先に反応したのも母だった。

「ああ、それはいいねえ。妙子も元はコロッケ屋だったんだしね」

「あした、試しに小さいコロッケを揚げてみるから、おばさんそれをここへ届けてよ」

「いいともさ」

いっとき緊張ぎみになった妙子も、和やかな表情に戻った。

翌日、洋さんが揚げたこぶりのコロッケが、「だがし屋　たえ」に届いた。子どもたちが一番集まる二時ごろだった。普通のコロッケの半分より大きめのコロッケは三円と決まった。

妙子が大皿に盛ったコロッケを台に置いた。子どもたちは、なんだろうと言いたげに見守っていた。値札をつけた時、子どもの中の一人が「一個くれ！」と三円を妙子に突き出した。その途端、オレも、オレもと、三円を出す手が先を争って妙子に向けられた。妙子が小さく切った新聞紙に挟んでどんどん渡していく。母がお金を受け取る。大皿に盛ったコロッケは、あっという間に売り切れた。

夕方勤めの帰りに寄ったみちは妙子からその話を聞いた。すぐ、野毛の闇市でふかしいもを売ったときのことが蘇った。最初に、くれ！　と言った人をきっかけに、俺にも、俺にもと、帽子や手拭、ジャンパーなどを広げる男たちは瞬く間に、ふかしいもを持っていってしまった。

次の日は、洋さんに頼んで数を倍ぐらいにしてもらった。すると、子どもが自分のこづかいで買うだけでなく、親から頼まれて五個、十個と買っていく。これではほてい屋の支店みたいで、「だがし屋　たえ」の印象が薄れる。妙子はあくまで駄菓子屋にこだわり、品物も少しずつ増やそうとしていたので戸惑っていることをみちに話した。

しかし、みちは妙子の考え方に違和感をもった。食うや食わずの瀬戸際なのに、そんな悠長なことを考えていていいのか。

「これじゃほてい屋の下請けじゃないのとか、あたしの本業は駄菓子屋なのにとか言うけど、それは洋さんが作ってくれたコロッケを売ってるだけだからそんなこと言えるんじゃないの。自分で材料を仕入れて、自分で仕込んで揚げたコロッケだったら、もっと真剣になるはずよ」

みちの言い方に力が入っていたので、妙子はどぎまぎした。

「ああそうかもしれない。あたし洋さんのコロッケを売ってやってると思っていたかもしれない。でも、洋さんがいくらあたしを思ってくれても、いくら洋さんがいい人でも、あたしの気持ちは結局二年前と変わっていない。洋さんを恋人とか結婚相手とは思えないの」

「でもお姉ちゃんは戻ってきて初めて洋さんに会ったとき、とっても嬉しそうだった」

「あたしにはこういう人が待っていてくれたんだなあと思ったことはたしかよ」

「やっぱりマスターが忘れられないというの？」

「マスター？　忘れたわ」取りつく島のない妙子の返答だった。

「お姉ちゃんの言ってることは分からないことはないけど、そしたら洋さんはどうなっちゃうのよ。今度こそ戻って来てくれたと思ってるのに」

妙子は黙っている。

「洋さんはわたしにとって第二のミッキーさんだもの大事な人なんだ」

「第二のミッキーさん？」妙子は怪訝な顔をした。

「浅草にいたころね、わたしは五つぐらいだったんだけど、ミッキーさんていうお兄さんがわたしを可愛がってくれてね、肩車をしてくれたんだよ」

「ああ、そんな人いたっけねえ」妙子は遠くを見るような眼をした。

「わたしは大きくなるまでずっと、ミッキーさんのおかげでほんの少しだけど、優しい気持ちを持ち続けられたの」

「それで洋さんが第二のミッキーさんなのね。優しいし頼りがいがあるから」

「洋さんは優しいだけじゃなくて厳しいときもある。母さんが競輪に手を出して使い込んだときはとっても厳しかった」

「そうだったね。あの時は洋さんだけが頼りだった。とにかくあたしは洋さんに自分の気持ちを正直に話してみるわ。なるべく早く」

みちは深く頷いた。

それから数日後のことだった。みちは五時半ごろ局から帰ってきた。あたりは真っ暗だ。いつもなら今くらいの時間はほてい屋もかきいれ時で、路地も明るいし人の出入りも多いのだが。洋さんの店には本日休業の札が下げてあった。そこへ女の人が入っていった。一瞬だったが妙子に間違いないとみちは思った。荒く打つ心臓が落ち着くのを待って、洋さんの家が見える範囲の路地をゆっくり歩いた。けんか別れなら時間は短いだろう。でもじっくりと自分の気持ちを話し、相手からも聞くとしたら最低三十分はかかるだろう。今日は夜学を休んだのは正解だった。時間割と部活との兼ね合いを見て、月に一度くらい自分の判断で休むようにしている。

三十分を過ぎたのでほてい屋のすぐ近くまで近づいた。中から洋さんと妙子の笑い声が聞こえる。はて？　つまり二人はお互いの気持ちが分かり合えたということには違いないが、まてよ。あの笑いはおざなりの笑いではないな。同志といったような強い絆が感じられるな。みちは勝手に自問自答していた。

ああ、早く姉ちゃん出てこないかなあ。みちは洋さんの家から離れて、妙子の家に向かう路地のはずれで待っていた。

出てきた。解放感に包まれて妙子はみちに近づいてきた。みちは角の材木屋の外灯を背にしているので妙子にはみちの顔が見えないようだ。

「ずいぶん待たせたわね」

突然声をかけられて、妙子はぎくっとしたようだが、すぐみちだと気づいた。

「みちじゃない。なによ」

「なによはごあいさつだわね。妹が心配して家まで送ろうとしてるのに」

妙子とみちは腕を組みどんどん歩きだした。話は妙子の家についてからのようだ。

妙子の足取りも軽い。行くときはさぞ重かったことだろうに。

妙子の家の豆炭こたつの灰を掻きたてて、二人は腕ごと差し込んでしばらく体を温めた。足や手の先がじんじんしてきた。

妙子に一緒に夕飯食べない？　と言われて、みちは指先だけを叩いて拍手のまねをした。すでにおかずはできていた。しかも鍋いっぱいに。人参、大根、ごぼう、じゃがいも、こんにゃく、さつま揚げのごった煮。それとワカメのみそ汁。

「話は食べてからね」妙子が当然のように言った。

またお預けかとみちは思ったが、お腹が空いていたので黙々と食べた。

食事が終わったとき、みちはぼおっとしていた。

「洋さんは分かっていたというの。あたしが二年前と気持ちが変わっていないことが」

唐突に話しだした妙子の顔をみちは慌てて見つめ直した。

「恋愛とか結婚とかと考えないで、戦争中から戦後を生き延びてきた幼友達として自然に付き合えばいいんじゃないか。どちらかに好きな相手ができれば自然に離れていけばいいんだしというのよ。あたしそれを聞いたらとっても気持ちが楽になった。そういう自然な関係だったらとても気の合う相手のわけだから、いい付き合いになると思う」

みちがすぐ言った。

「二人の間ではそれでいいけど、父さんを承知させる方が大変だよね。姉ちゃんが居ない間でも、妙子が戻りやすいようにって父さんなりに気を使ってきたんだもの。洋さんと結婚させるために」

「あたしに父さんを説得できるだろうか」

「洋さんからやってもらえば？　男同士で。母さんも応援してくれるだろうし」

「これからなんだねえ。何もかも」

「そうよ、これから。でも姉ちゃんよくやってきたじゃない。こんな短い期間で、よくぞここまで」

　みちが時計を見た。八時をすこし過ぎていた。そろそろ帰ろうかと思ったとき、玄関のガラス戸が勢いよく開いた。

「こんばんは」チエだった。

「部活はなかったの？」みちの問いかけに頷いた。

　熱いお茶とごった煮を妙子にすすめられ、オーバーを着たままチエは瞬く間に食べ終わった。五分もしないうちに、帰ろうとみちに言った。なにか用事があるのだろうと察し、みちも上着を着た。妙子に、ごちそうさまと小さく手を振った。チエはいったん家に帰ったが、みちがまだ帰らないと言われて妙子の家に来たという。

やはり、チエは用事を抱えていた。

「ほんとうに、岡さんは姉ちゃんが好きらしいの。二、三日中に姉ちゃんに告白するだろうけど、真面目に受け止めてあげてね」

なぜ、チエにそこまで言われなければならないのか、と思ったがさりげなく言った。

「もちろん話は真面目に聞くわよ。でも返事についてはわたしに任せてね」

チエはちょっと不満そうな素振りをした。

その日は二日後にやって来た。

みちが昇降口まで来たとき、岡一平がすっと寄ってきた。戸惑うみちを前にして、深く頭を下げた。

「何でしょうか」みちが声をかけた。

「僕と付き合ってください」岡はそう言ってから頭を上げ、みちの目を見た。

「考えさせていただけますか?」

「もちろん」

「改めて返事をさせていただきますので、今日はこれで失礼します」

それだけ言うと素早く二階へ上がった。予期していたのでそれまで落ち着いていたのに、教室に着いてから胸騒ぎを覚えた。みちはチエに予告された時点で、岡から交際を申し込まれたら受けようと、心のどこかで決めていたと思う。でも即答はできなかった。

家に帰ってから、チエに岡から交際の申し込みを受けたことを話した。よく考えてから返事をするつもりだと言った。まだ考えてなかったんだ、とチエはつぶやき、どうして？　と言いたげな顔をした。

「実際に相手から言われてからでないと、こういうことは、考えられないものなのよ」と、言い訳のつもりで口に出したことで、自分でもそうかもしれないと思えた。

次の日、休憩時間に職員室で岡を見つけた。近寄ってさりげなく、よろしくお願いしますと言って軽く頭を下げた。人目を気にしたのか岡は「ありがとう」と低く言って、職員室を出て行った。

久しぶりに休憩時間の職員室に来たが、武藤研一の机の横に立って話しているのは村井美子ではなく、文芸部の部長の木内純江だった。メモを示しながら熱心に話している。武藤は満足そうに頷き、合間に大きな目で木内純江を見上げる。

あの一角の雰囲気が変わっただけで、煙と騒音は相変わらずだが、職員室全体の様子がどことなく引き締まったように思えた。

岡は一方的にしゃべりまくっている。芝居の話、絵画の話、映画の話、その他いろいろ。演説するように右手を顔の前で振りながらどんどん歩いて行く。いかつい体格の岡の身のこなしはとても軽快だ。話を聞きながら付いて行くのにみちは時々小走りになる。これではデートの気分になれない。いつもの岡さんとは違う。くたびれてきたのと、少し腹が立ってしまったのとでみちは立ち止まった。独りでしゃべりながら岡は離れていく。このまま見えなくなってもかまわないくらいに思っていると、気づいた岡があたふたと走ってみちのそばへ戻ってきた。

「どうしたの？」

「わたし、健脚コースは無理だわ。小走りで疲れちゃった」

「あ、ごめんごめん。どっかにベンチあるかな」岡はのんきにあたりを見回している。

「そういうのではなくて、喫茶店でコーヒーを飲むとか」

「喫茶店？　あれ？　どこにあるかな」

そんなことも調べてないのかとしらけたが、今はどうしても喫茶店に入ってコーヒーを飲みたい。

桜木町で待ち合わせて、そのまま市電通りを歩いてきた。みちの勤めている電話局の角を曲がり、M高校の近くまで来ている。お茶を飲むのであったら、桜木町からすぐの野毛へ出れば、ケーキと珈琲の「コーベル」があったのに。でもその近くには第三分教場とM高校内で言っている喫茶店「ハワイ」もあったので、「ハワイ」に連れていかれなくてよかったと、みちは気を取り直した。

「中華街に珈琲屋がありますけど。そこでよければお供します」

みちが先導した。珈琲屋は中華料理店にはさまれて見過ごされそうだが、中はクラシックな雰囲気だった。入ってからみちは恐る恐る訊いた。

「このあとはどういう予定になっているんですか」

「べつに予定はないけど」

「レストランで食事とかはなし?」

それは考えていなかったと岡は言う。

「じゃあ、コーヒー飲んだらさよならなのね」

「いや、話したいことは山ほどあるよ」

「外を歩きながらお話されるのを、わたしは小走りでついて行く」

「君ね、さっきから小走り、小走りって言うけどね、何が言いたいの？　もっとゆっくり歩いてくれと言うこと？　それとも歩くのはいやだと？」

「じっくり話し合うのには山下公園とか山手の外人墓地の通りとか雰囲気のいい所はたくさんありますけど、今はまだ寒い時期だからつい喫茶店と思ってしまうのよ」

「君はカタチのことばかり言うんだね」

「だって形が中身を規定するんでしょ」

「いや、中身が形を規定するんだろ」

「それで何の話をしてたんでしたっけ？」

「もういいよ。君は理屈っぽいなあ。こんなことデートの時に話すようなことじゃないよ」

みちは、デートだってことは分かってるんだ、と思ったら急に可笑しくなって、くすくす笑ってしまった。

珈琲店を出た。岡がいきなり、みちの腕に手をかけた。みちはぎくっとして身を固くした。

「僕は恋人をエスコートしようと思ったんじゃないか」

「でも何か現行犯逮捕っていう感じだったわよ」

「君は何でもはぐらかしちゃうんだなあ」

結局、二人は腕を組み損ねたまま、中華街から元町方面へ歩いた。第一回のデートは、これといったこともなく終わった。ワクワクすることもドキドキすることもなかった。さりとていやだというわけでもなかった。明日二回目のデートを迎える。

「あしたデートなんだあ」妙子の家でみちが言った。

「あんた恋人いたの」

「恋人じゃないんだけど付き合ってほしいって言われて、一応お付き合いをしているの」

「その人好きじゃないの?」

「うん、特には。でもいい人だよ。チエがいつも岡さん、岡さんって言ってるでしょ。生徒会長で演劇部にいる人なの」

「普通ねえ、寝ても覚めてもその人のことを想って、会いたくてたまらないのが恋人なのよお。あんたの付き合っている人は単なるお友達よ。長びかないうちにうまくお別れした方がいいと思うけど」

「うん。でもチエが取り持ってくれた人だから、チエにも悪いしね。もう少し付き合ってみる。それで愛が育たなかったらその時は断る」

「育つといいね、愛が」妙子はほんのちょっと肩をすくめた。


みちが図書室へ行くため体育館へ入ると、バドミントン部が練習をしていた。部員を叱咤激励している声に聞き覚えがある。誰だったろうと近づいてみると、なんと村井美子だった。ときには怒声を発し、手振りを交えて「もっと強く！」などと叫んでいる。

村井美子はバドミントンはできるのだろうか。書かざる書き手は、ここではどのようなキャリアがあって、あんな居丈高にふるまっているのだろう。

体育館の一角にある図書室にいると、村井美子の声は絶えず聞こえてくる。みちは調べものをしようと思ったが手につかない。湧き出てくるのは不快感だった。自分は文芸部在籍中一作も書かなかったのに、合評にかかった作品はめった切りにしたことへの不快感、顧問の武藤研一を惑わしていることへの不快感、そして、何故か自分でもわからないのだが、岡一平の求愛を笑い飛ばしたことへの不快感だ。

「みちにお願いがあるんだけど」と言ったあと、妙子は何か思うところがあるように、虚空をじーっと見つめている。

「あたし真紀ちゃんのおかげでどん底から這い上がれたんじゃないかと思う。どん底まで落ちるのはわけないのよ。そこから這い上がるには人の助けは絶対必要だけど、自分自身に強い気持ちがないとだめなの。あたし真紀ちゃんから蔑まれてものすごく悔しかった。なにくそと思った。それがなかったら這い上がれなかったかもしれない。だから真紀ちゃんに会いたいの。まだ川崎までは出かけられないから来てもらいたいのよ」

みちにその橋渡しをしてほしいというのだ。

早速みちは真紀子を訪ね、妙子の希望を伝えた。あんな状態だった妙子が、長屋の一戸を借りて、一人で住んで駄菓子屋をやっていることが真紀子には信じられないようだ。

「あの時、今にも死にそうに見えて、怖くなって帰って来ちゃったけど、医者にかけたの?」

「大澤先生に二度だけ診てもらったの」

その後の、大澤先生のさりげないフォローも話した。

「あの先生、いいとこあるね」人をほめることのほとんどない真紀子が率直に認めた。

みちの目は、真紀子と話しながら台所に冷蔵庫があるのを捉えていた。競輪の予想屋って、ずいぶん儲かる仕事なんだなと、つくずく思った。


日曜日の十一時頃、真紀子は実家へ寄った。父は留守だった。きれい好きの真紀子には部屋全体がおがくずをかぶったような所は落ち着かないらしく、すぐ妙子の家に行くという。母を残して真紀子、みち、チエの三人で妙子の家に向かった。ほてい屋の前を通るときみちが洋さんに声をかけた。洋さんはびっくりして、カウンターをくぐって外へ出てきた。

「真紀ちゃん、しばらくだねえ。で、今日は?」

「妙子に呼び出されたのよ」

「姉妹四人、水入らずってところだね」

三人で路地いっぱいに並んで歩いた。みちは洋さんの言葉を思い出しながら真紀子に訊いた。

「ねえ、四人が一緒だったのって、いつだろう。一番最近では」

「四人揃ってっていうのはねえ、あたしが家にいたころだから、そうねえ、七、八年前になるんじゃないか」

今日はそういう意味でも記念すべき日なのだとみちは思った。

妙子は待ち構えていた。

「ここが妙子の家なの。大したもんだねえ、看板まで出しちゃって」駄菓子をちらっと見て、真紀子はさっさと座敷に上がった。立ったまま部屋の中を見渡して、一枚だけ敷いてある座布団に当然のように坐った。

妙子がわざわざ来てもらって申し訳ないと詫び、なにやかやと言ってる話をろくに聞いていない。そして言った。

「あれ何よ？」

「あれ信夫のしるしなの。へその緒が入っているのかも知れないし、お骨が入ってるのかも知れないんだけど、母さんが大切にしている箱なのよ。だからあたしも粗末にしないように気をつけてるの」

「何だか気味悪いねえ。独り住まいにこんなのが麗々しく飾られていたら」

「そんなこともないわよ。あたしの命が助かったのもいってみれば信ちゃんのおかげよね。母さんが信ちゃんを助けられなかった悔いが妙子を助けてやろうという気持ちにつながったんだから」

みちはいつも何であんなものを飾らしているのかと思っていたが、訊いてはいけない気がして黙っていた。妙子がそんなふうに考えていたのをはじめて知った。

「信夫はかわいそうなことをしたよ。あの時のことははっきり覚えているもんね」

「姉さんがそうなら母さんは無理もないわけよねえ」妙子の言葉で真紀子のどこかにスイッチが入ってしまったのか、膝を乗り出して話し出した。

「父ちゃんは仕事は家でしてたけど、稼いだお金は全部飲み屋の女に貢いじゃうわけよ。母ちゃんはみちを産んで間もないのに、近所の使い走りで忙しかった。その合間に信夫の様子を見に来るけど、みちのことなんかそっちのけよ。あたしだってまだ八つだよう。何かあったら母ちゃんを呼びに行こうとだけ思っていたのよ。妙子だってまだ四つだもの。でも妙子は妹が生まれたのがよほどうれしかったらしくて、できないながらもみちの面倒をみてたね。ま、猫の手よりはよほどましだったたってわけよ」

「あたしは覚えていないわ」と妙子が言った。

みちは恥ずかしかった。恥ずかしいというより、そんな中へ生まれてきた自分がまるで余計者だったかのようで心がふさがる思いだった。わたしは妙子姉ちゃんのおかげで命が助かったのかもしれないとも思った。実際に手をかけてくれたのは真紀子姉ちゃんだったとしても。真紀子姉ちゃんのことを自分勝手で冷たい人と思ってきたけれど、大本には仕方のない事情があったわけなのだ。

チエが眉をひそめているのに気がついたので、すかさずみちが言った。

「みんなチエが生まれる前の話なんだよ。あたしだって生まれたばかりなんだから」

「うん。その信ちゃんて子もかわいそうだけど、母ちゃんもかわいそうだったんだね」

みちは三方にのっている信夫の箱を見た。何やらぶつぶつつぶやき、「心の中で思っているだけでは風化しちゃうと思ったのかも知れない。形にすれば自他ともに認識できるもんね」と言った。

「何のこと？」チエがきょとんとした顔で訊いた。

「みちのいつものへ理屈だよ」真紀子がうんざりした顔をした。

それにしてもみちが不思議に思うのは、母が大変だった、かわいそうだったとみんな言うけれど、なぜ父を責めないのだろう。みち自身も母への恨みの方がはるかに深いのだ。

「ところでここの家はお茶の一杯もでないのかね」しびれを切らした真紀子の催促だった。

「あらごめんなさい。信夫の話に夢中になっちゃって。五目ずしが作ってあるからみんなで食べましょう」

「五目ずし？　聞いたことはあるけど食べたことはないッ」チエは身を乗り出して妙子の手元を見ている。

妙子が皿に取り分けた五目ずしに、みちが細切りにした卵焼きと青ゆでにしたさやえんどうの細切りをのせ、チエが紅ショウガを散らした。真紀子までが手を出して焼のりを振りかけた。

妙子がお吸い物を盆にのせてきた。白菜のつけものが出た。

「今日は本当にありがとう。四人だけでこんなふうに会えるなんて、考えてもみなかったので、とってもうれしいわ。さあ、どうぞ食べてくださーい」

おいしい、おいしいと四人が繰り返し、わけもなく笑い合った。

「五目ずしなんて、うちで作ったこともないのに、よくこんなにおいしく作れたねエー」

みちが称賛した。

「難しかったのは酢飯の具合だわね。でもあたし、ずうっと五目ずし食べたいと思っていたから、いい機会だったのよ」

「あたしも川崎から阪東橋くんだりまで出てきた甲斐があったわ。こんなにおいしいものをご馳走になって」

真紀子らしいほめ方だとみちは思った。

今日の五目ずしはすごい散財だなとみちは考えていた。。妙子一人なら十日以上食いつなげるかもしれない。

「あたしたちだけで食べちゃってわるいみたいだね」

チエの言葉に妙子は言った。

「大丈夫。父さんと母さんの分はちゃんと取ってあるから」

「洋さんの分は？」真紀子の挑発めいた言葉にも、「もちろん洋さんの分もあるわよ」妙子はさらっと言ってのけた。

みちは妙子の四人だけで会えるなんて、という言葉に触発されて思い出そうとしたが、姉妹四人だけで何かをしたことはどうしても思い出せなかった。

初出一覧

つなぐ手
短篇集『文芸誌「そして」にかかわった作家たち No.2』(二〇〇四年十一月)
洋さん
短篇集『文芸誌「そして」にかかわった作家たち No.3』(二〇〇五年十一月)
十七歳の日々
短篇集『文芸誌「そして」にかかわった作家たち No.4』(二〇〇六年十一月)
夜の地図
短篇集『そして No.5』(二〇〇七年十一月)
妙子の家
短篇集『そして No.6』(二〇〇八年十一月)
だがし屋　たえ
書き下ろし(二〇〇九年三月)

中川 由布子
1936年、東京生まれ。6歳から横浜に住む。
50代から、作家宮原昭夫の下で小説を学ぶ。
横浜ペンクラブ会員
大衆文学研究会会員
著書に『ちょいとかくせ』(河出書房新社)がある。

つなぐ手　ヨコハマ四姉妹物語
二〇〇九年七月三十日　初版発行
著　者　中川由布子
発　行　そして企画
〒二四〇―〇一一三
神奈川県三浦郡葉山町長柄一六〇〇―五
電話/FAX　〇四六(八七六)二二五六
郵便振替　〇〇二一〇―八―五七〇六六
発　売　河出書房新社
〒一五一―〇〇五一
東京都渋谷区千駄ヶ谷二―三二―二
電話　〇三(三四〇四)一二〇一〔営業〕
http://www.kawade.co.jp/
印刷・製本　東京印書館

ISBN 978-4-309-90835-9